BIBLIOTHÈQUE DE LA JEUNESSE
LE CAPITAINE
BASSINOIRE
PAR JULES GIRARDIN

LIBRAIRIE 2f50 HACHETTE

Bibliothèque
des Écoles et des Familles

1re SÉRIE

Format grand in-8 (28 x 18)

Chaque volume :

broché........... **12 fr.**

relié percaline, tranches dorées........... **19 fr.**

ABOUT (E.) : **L'homme à
l'oreille cassée.
Le roman d'un brave
homme.**

AVEZAN (D') : **Enfant d'a-
doption.**

BEECKER STOWE : **La case
de l'oncle Tom.**

CAHUN : **Aventures du
Capitaine Magon.**

CERVANTÈS SAAVEDRA : **Don
Quichotte de la Man-
che.**

CHARLIEU (H. DE) : **Made-
moiselle Olulu.
Le dernier des Castel-
Magnac.
Le Fils du Naufragé.**

CIM (Alb.) : **Grand'mère
et petit-fils.
Disparu.**

GÉNIAUX (Charles) : **Petit
poète et grand roi.**

GOURDAULT (J.) : **La Suisse
pittoresque.**

JEANROY (B.-A.) : **L'Enfant
de Saint-Marc.**

MAËL (P.) : **Robinson et
Robinsonne.
Le trésor de Made-
leine.**

MAËL (P.) : **Fleur de
France.
Un mousse de Sur-
couf.
Cambriole.
Lance et Quenouille.
Les deux Tigresses.**

MAËL (P.) : **Le Talisman.**

MEYRA : **Le Fakir.**

MOUTON (Eugène) : **Aven-
tures et mésaventures
de Joel Kerbabu.**

Ouvrage couronné
par l'Académie française.

MONNIER : **Notre belle Patrie. Sites pittores-
ques de la France.**

RAYNAL : **Les Naufragés.**

ROUSSELET (L.) : **Sur les
confins du Maroc.**

SCOTT (Walter) : **Ivanhoë.**

TOUDOUZE (G.) : **La ven-
geance des Peaux-de-
Biques.
L'Enfant perdu.
Le voltigeur hollan-
dais.**

VERNOU (P.) : **Pirate de
l'air.**

WYSS (J.) : **Le Robinson
suisse.**

2e SÉRIE

Format in-8 (25 x 17)

Chaque volume :

broché........... **10 fr.**

relié percaline, tranches dorées........... **16 fr.**

ABOUT (E.) : **Nouvelles et
souvenirs.
Le roi des montagnes.**

ARTHEZ (Danielle d') : **Les
tribulations de Nicolas
Mender**

BEAUREGARD (G. DE) : **Le
rubis de Lapérouse.**

BOLAND (H.) : **Excursions
en France.**

BOVET (Mme DE) : **Made-
moiselle l'Amirale.**

CAHUN (L.) : **Les pilotes
d'Ango.**

COLOMB (Mme J.) : **Le vio-
loneux de la Sapinière.
La fille des bohémiens.
Mon oncle d'Améri-
que.
Les étapes de Made-
leine.
La fille des bohémiens.**

COOPER (Fenimoore) : **Le
dernier des Mohicans.**

CORNEILLE : **Œuvres choi-
sies**

DICKENS (C.) : **David Cop-
perfield.**

DOURLIAC (A.) : **Fleur des
ruines**

GAFFEREL (P.) : **Les cam-
pagnes de la première
République.**

GIRARDIN (J.) : **Les millions
de la tante Zézé.
Le commis de M. Bou-
vat.**

PERRAULT : **Fière devise.**

**Pour la collection complète,
demander le Catalogue de Distribution de Prix.**

LE CAPITAINE BASSINOIRE

LE CUIRASSIER BRICAUD

LE
CAPITAINE BASSINOIRE

PAR

J. GIRARDIN

ILLUSTRATIONS DE TOFANI

LIBRAIRIE HACHETTE
79, BOULEVARD SAINT-GERMAIN, PARIS

Mᵐᵉ *CARMINAZ VINT SERVIR LE CAFÉ*

LE CAPITAINE BASSINOIRE

CHAPITRE PREMIER

OH là! mon Dieu! Dire que c'est si petit et que ça braille si fort! »

Ce qui était si petit et braillait si fort, c'était un énorme poupon rustique de deux mois. Là-bas, dans le coin le plus sombre et le plus frais de la pièce enfumée où vivaient, mangeaient et dormaient son père et sa mère, le jeune Sylvain Bricaud venait de se réveiller brusquement et donnait à entendre qu'il désirait sortir de son berceau. Ce berceau était une manière d'auge en bois de châtaignier, grossièrement équarrie à la hache par une main robuste, mais maladroite, et posée sans façon sur la terre battue qui tenait lieu de parquet ou de carrelage.

Le profond philosophe qui venait d'exprimer sa pensée sous une forme si abrupte, était le propre père du petit braillard ; un grand et gros paysan d'une trentaine d'années, le « grand Bricaud », comme on l'appelait familièrement au hameau de Sivaud. Le grand Bricaud venait de rentrer des champs au premier coup de l'*Angelus*, pour le repas de midi.

En attendant la bonne soupe aux choux et le morceau de « salé », dont le parfum embaumait la salle, il s'était mis à contempler d'un œil endormi le coq de fantaisie peinturluré au fond de sa profonde assiette de caillou.

Les premiers cris de maître Sylvain l'avaient comme éveillé en sursaut. S'il avait eu toute sa tête à lui, il est probable qu'il y eût regardé à deux fois avant d'établir, en termes si vifs et si familiers, une comparaison presque insultante entre les dimensions de l'objet braillant et l'intensité du brailler.

Vincent Bricaud avait beau être un géant, il tremblait un peu devant sa petite femme, qui avait plus d'esprit et plus de manières que lui. Or la petite femme n'entendait pas la plaisanterie quand il s'agissait de son « beau Sylvain ».

« Là! là! là! » fit une voix de femme qui semblait venir des profondeurs de la noire cheminée. Vincent Bricaud rentra sa tête dans son cou et son cou dans ses épaules, comme un coupable.

La Bricaud était une jeune femme de vingt-cinq ans, encore jolie malgré l'épaisse couche de hâle qui teignait d'un ton de brique son visage, son cou et ses bras, nus jusqu'au coude. Jusque-là, elle s'était tenue accroupie dans l'ombre, devant l'âtre. Après avoir décroché la marmite de la crémaillère et versé la soupe de la marmite dans la soupière, elle se releva vivement, prit la soupière à deux mains et l'apporta sur la table, devant son homme.

« Commence toujours, dit-elle au bon géant; toi, tu es pressé; moi, j'ai tout mon temps, et il faut que le mignon ait sa pitance. »

Il beuglait littéralement, le mignon, ayant découvert à lui tout seul que le simple brailler ne lui servait de rien.

Ses cris cessèrent comme par enchantement lorsqu'il vit planer au-dessus de lui la figure souriante de sa mère, encadrée dans la jolie coiffe blanche du pays. La mère le tira de son auge de châtaignier, le démaillota prestement, et lui donna un commencement de satisfaction. Le drôle ne braillait plus, je vous en réponds.

Tenant du bras gauche son « beau Sylvain » serré en biais contre sa poitrine, la jeune femme prit une escabelle de la main droite et vint se mettre à table à côté de son mari.

Quand il la vit près de lui, il interrompit d'un air assez penaud le furieux battement de sa cuiller de fer contre les parois de son assiette de caillou, et la servit d'un air gauche et embarrassé: l'air d'un homme qui n'a pas su retenir sa langue et qui se sent dans son tort. La mère regardait son enfant avec une tendresse profonde; alors, avant de se remettre au travail, le père prit la liberté de regarder l'enfant et la mère avec un naïf orgueil.

« Tu n'as pas le droit de regarder « mon beau Sylvain ».

— A cause? demanda le bon géant d'un air humble.

— A cause que tu as osé dire qu'il braillait.

— Et pourtant il braillait ferme.

— Et toi, reprit la mère, est-ce que tu crois que tu ne braillais pas comme lui, à son âge?

— Je ne dis pas non; mais je n'en ai pas souvenance, » répondit naïvement le grand Bricaud. Il était si drôle avec ses efforts de mémoire, ses sourcils relevés, ses yeux arrondis et les deux longues mèches de cheveux qui lui pendaient sur les joues, selon la mode du pays, que sa femme fut prise d'un fou rire. Loin de s'en offenser, le bon géant fit chorus. Mais ses rires à lui étaient des rires d'Hercule, et le jeune Sylvain, sans quitter le sein de sa mère, tourna obliquement du côté de son père des regards épouvantés. Une mère poule, qui s'était familièrement perchée sur la demi-porte et se penchait déjà en gonflant son jabot et en étalant à demi ses ailes, avec l'intention de sauter dans la salle, fut épouvantée de ce rire de tonnerre, fit brusquement volte-face et s'abattit sur le fumier en poussant des cris d'effroi et d'indignation.

A peine la poule eut-elle disparu, qu'une femme passa devant la petite fenêtre à vi-

tres verdâtres. Cette ombre s'avançait lentement, avec de grandes précautions; car le fumier, selon l'usage du pays, occupait presque toute la cour, et le purin, accru par les dernières pluies, battait son plein le long de l'étroite bande de pavés biscornus qui longeait la masure.

La visiteuse s'accouda sur la demi-porte et dit familièrement: « On est gai ici.

— Assez gai, Dieu merci, répondit Bricaud en s'essuyant les yeux. Mais, entrez donc, la Flabault. »

La Flabault entra sans se faire prier. Comme elle venait demander un service, elle s'extasia sur la beauté et la force de Sylvain; comme elle était curieuse, elle se fit mettre au courant de l'état des choses; et comme elle savait bien que c'était la Bricaud qui décidait de tout dans le ménage, elle prit parti pour elle contre son mari.

« Brailler! s'écria-t-elle, voyez-vous la belle affaire! Est-ce que le proverbe ne dit pas: « Bien braillant, bien venant?

— Oh bien! dit pacifiquement le bon Bricaud, vous savez, la mère, quand j'ai dit cela, je n'en cherchais pas si long, allez. »

Là-dessus, ayant tiré de la poche de son pantalon un formidable couteau à manche de corne, dont la lame avait bien un demi-pied de long, il l'ouvrit et fit deux formidables brèches, l'une à la miche de pain bis, et l'autre au morceau de « salé ».

« Les hommes sont tous les mêmes, reprit la Flabault en se donnant des airs de matrone entendue; il y a des hommes qui braillent pis que des enfants quand on leur fait tant seulement attendre leur soupe.

— Je ne dis pas non; ça se peut bien, » répondit philosophiquement le bon Bricaud. Et puis, prenant un air inquiet, il demanda à sa femme: « Ma fille, est-ce que ça m'est arrivé?

— Il ne manquerait plus que cela! s'écria la Flabault avec une grande énergie. Est-ce que votre femme vous a jamais fait attendre? Propre comme un « graton », exacte en tout, et puis bonne, et puis serviable! A propos, la Bricaud, l'oncle Triverne viendra souper chez nous ce soir. Vous seriez bien gentille de me prêter deux bouteilles de vin, deux chandelles et une flèche de lard... et puis aussi un paquet de vieilles cartes. Vous savez que ce sera aussitôt rendu que prêté.

— Ma fille, dit Bricaud, en s'essuyant les lèvres du revers de sa large main, et en adressant deux ou trois signes de tête à sa petite femme, tu as entendu la Flabault?...

— Oui, oui, et je vois ton idée à toi. Il nous reste justement un peu de vin du baptême du petit, et puis de la chandelle, et puis un paquet de cartes; ça se trouve bien. Tenez, la Flabault, prenez-moi donc cet enfant-là pendant que je vas tirer de l'armoire ce qu'il vous faut. »

Quand les recherches de la Bricaud eurent abouti, la Flabault lui rendit son enfant, non sans déclarer que c'était l'enfant de deux mois le plus lourd qu'elle eût jamais tenu dans ses bras ; ensuite elle mit pêle-mêle dans son tablier les deux bouteilles, les deux chandelles, le paquet de cartes et la flèche de lard, et, de plus, une andouille fumée que Bricaud lui avait donnée de bonne amitié, pour avoir fait des compliments à son fils et à sa femme.

« Allons, il faut que je me sauve, » dit la Flabault. Mais, tout en déclarant qu'elle se sauvait, elle s'assit tranquillement sur une escabelle. Voyant les Bricaud si « donnants », elle arrangeait son butin pour se donner le temps de chercher dans sa tête ce qu'elle pourrait bien encore leur emprunter.

Pour allonger la corde, elle se confondait en remercîments.

« Comme si on se remerciait entre bons voisins ! dit Bricaud en haussant les épaules.

— C'est à charge de revanche, ajouta la Bricaud. Qu'est-ce qu'on deviendrait dans un pays perdu comme celui-ci, si l'on ne se tendait pas la main les uns aux autres ? »

Elle avait raison, la bonne petite femme, de dire que Sivaud-le-Hameau était un pays perdu. Sivaud-le-Hameau se composait d'une quinzaine de masures, dispersées au hasard comme des moutons dans une pâture.

Un indigène plus ingénieux que ses concitoyens, avait eu l'idée d'ouvrir une espèce de cabaret-épicerie. Comme il avait peu de clients et beaucoup de loisirs, il passait la plus grande partie de son temps à braconner sur les voisins, ou à pêcher dans la petite rivière d'Hougue. Ses ressources commerciales étaient aussi limitées que sa clientèle ; en fait de comestibles, il n'allait pas plus loin que le hareng saur et la vieille merluche ; en fait de boissons, on pouvait compter sur du cormé, et en fait d'éclairage, sur des oribus. L'oribus, ou pétrette, ou rousine, est, comme chacun sait, une chandelle de résine, grosse comme un gros bâton de sucre d'orge.

Quand on voulait quelque chose de plus relevé que le hareng, la merluche, le cormé ou l'oribus, quand on recevait, par exemple, la visite d'un oncle à héritage, il fallait faire, par les plus mauvais chemins du monde, une lieue et demie pour aller s'approvisionner à Sivaud-le-Bourg. Ceux qui risquaient le voyage se chargeaient des commissions de Sivaud-le-Hameau tout entier.

A Sivaud-le-Bourg, il y avait un maire, un curé, un percepteur, un maître d'école qui ne faisait pas ses frais, et un épicier qui faisait les siens, et puis c'était tout.

Sivaud-le-Bourg était à six grandes lieues de Sivaud-la-Ville, une des plus petites sous-préfectures de France.

Quant à la préfecture, je me garderai bien d'en dire le nom. On devinerait tout de suite celui du département. Or, comme ce département est teinté en noir sur les cartes que l'on a dressées pour faire voir d'un coup d'œil les différents degrés d'instruction dans le pays, comme c'est celui qui envoie le plus de soldats illettrés dans les régiments, cela lui ferait de la peine, à ce département, de s'entendre nommer à la face d'Israël. Appelons-le entre nous le *département Noir*.

CHAPITRE II

A l'heure même où la Flabault fourgonnait dans son tablier pour se donner une contenance, et se creusait la cervelle pour trouver quoi demander encore ; pendant que la Bricaud promenait son beau Sylvain et que Bricaud repu fermait son couteau avec fracas et disait en manière de grâces : « J'ai rudement bien mangé ! » la révolution de 1830 était vieille de deux ans, et il y avait deux ans qu'une dynastie avait fait place à une autre sur le trône de France. Sivaud-le-Hameau avait bien entendu parler de quelque chose qui s'était passé là-bas à Paris ; mais, comme on continuait à payer les impositions, Sivaud-le-Hameau haussait les épaules et se désintéressait de la question politique.

A Sivaud-le-Bourg on avait changé le drapeau de la mairie et celui de la gendarmerie, et puis c'était tout. A Sivaud-la-Ville, il y avait un nouveau sous-préfet, et à la préfecture un nouveau préfet, et puis c'était tout aussi de ce côté-là. Le département continuait à se montrer digne de la teinte noire.

A Sivaud-le-Hameau, en particulier, on ne se contentait pas d'être tiède ou froid en matière d'instruction, on se gaussait des gens qui se donnaient la peine d'aller s'accroupir pendant des années sur des bancs, pour apprendre quoi ?

Quand Bricaud disait, en montrant le beau Sylvain :

« En voilà encore un qui ne deviendra pas bancal à rester pendant des journées les jambes sous une table ! » la petite femme souriait, opinait du bonnet, et embrassait le beau Sylvain avec un redoublement de tendresse, comme s'il venait d'échapper à un grand danger.

Ce qu'il y a de plus terrible, c'est que le capitaine Faret tenait absolument le même langage que Bricaud ; le capitaine Faret, un vieux de la vieille, qui avait assisté à presque toutes les batailles de l'Empire, qui avait fait la soupe avec l'eau du Nil et celle de tous les grands fleuves de l'Europe, sans compter la soupe à la neige fondue (détestable !) pendant la retraite de Russie, qui avait été blessé vingt-deux fois, mis six fois à l'ordre du jour de l'armée, et décoré de la main même de l'Empereur !

« Les maîtres d'école, allons donc ! s'écriait le capitaine Faret. De mon temps, on ne fourrait dans ce régiment-là que les « chétifs », ceux qui n'étaient pas assez forts pour porter le sac ! Et encore aujourd'hui, ce sont tous des chétifs ! J'ai vu celui de Sivaud-le-Bourg la dernière fois que je suis allé me faire tondre. Il a trente ans et j'en ai soixante ; eh bien, je le casserais en deux sur mon genou, sans seulement faire ouf ! »

A vrai dire, le capitaine Faret n'était pas plus capitaine que vous ou moi. Mais il acceptait, sans fausse modestie, ce titre honorifique, que lui avait spontanément décerné l'admiration de ses concitoyens. Faute de savoir lire et écrire, il n'avait jamais pu s'élever plus haut que le grade de simple soldat. Seulement il avait de beaux états de services, une pension de retraite, la pension de sa croix, une belle prestance, un ruban rouge à la boutonnière, un langage concis que l'on trouvait distingué dans le pays. Les jurons polyglottes qu'il avait ramassés un peu partout en courant le monde étaient, pour ses auditeurs rustiques, de véritables ornements cicéroniens. Ce vieux routier, avec cela, se mêlait d'être modeste ; quand on lui parlait de sa bravoure, il répondait en toute sincérité : « Tout le monde était brave dans ce temps-là... sauf les maîtres d'école. »

Le capitaine n'avait jamais fumé qu'en campagne. Il ne buvait que du cormé largement étendu d'eau. Avec ses petites économies de soldat et ses deux pensions, c'était un richard. Sans compter qu'il vivait presque exclusivement du produit de sa pêche, de sa chasse et de l'élevage d'une prodigieuse quantité de lapins. Il avait appris en Pologne à distinguer les bons champignons des mauvais ; et, de retour au pays, il avait mis en coupe réglée les prodigieuses quantités de bolets qui pourrissaient sur pied, de temps immémorial. Peu à peu, à force de le voir manger ces choses-là, sans en ressentir aucun malaise, les gens s'étaient décidés à faire comme lui.

Vincent Bricaud avait été son premier disciple et son apôtre dans la question de la *bolétophagie*. C'était déjà un lien puissant entre le maître et le disciple. Le capitaine l'aimait encore pour d'autres raisons : parce que c'était un bel homme, parce qu'il se moquait à la journée de la lecture et de l'écriture, et enfin parce qu'il avait épousé

par pure affection et presque sans dot une arrière-petite-cousine du capitaine.

Quand Bricaud jeune fit son apparition sur cette terre, sur le coup de trois heures de l'après-midi, Bricaud père prit sa course et alla tout d'une traite trouver le capitaine, qui pêchait tranquillement des goujons dans l'Hougue.

« Capitaine, c'est un garçon ! lui cria-t-il de sa voix de stentor.

— C'est bon, répondit le capitaine.

— Vous savez ce qui est convenu ?

— Il faut que je le voie avant d'engager ma parole.

— C'est juste. »

Quand le capitaine eut inspecté minutieusement le nouveau-né, quand il l'eut soupesé à plusieurs reprises, il tira de sa poche son foulard à carreaux, s'épongea le front, lissa sa moustache grise et dit d'un ton d'oracle : « Bon pour le service. Je serai parrain ! »

Et il fut parrain comme il l'avait promis, un parrain galant et magnifique : galant envers la mère, à laquelle il fit don d'une croix à la Jeannette en or pur et massif, d'un parapluie rouge en soie, et d'un tablier noir en soie, pour les grandes fêtes ; galant envers la commère, qui eut un bouquet monstrueux, une paire de gants en filoselle blanche, et trois boîtes de dragées pour elle toute seule.

Quant à la magnificence du parrain, je n'en donnerai qu'une faible idée en disant qu'il combla de son or les pauvres de M. le curé, le sonneur, le bedeau, la vieille bonne femme boiteuse qui louait les chaises, et de ses dragées à bon marché, et de ses poignées de liards, toute la marmaille de Sivaud-le-Bourg sans compter celle de Sivaud-le-Hameau.

Ce fut une fête complète ; tout Sivaud-le-Hameau, réuni dans un herbage autour de deux grandes tables, but sec et mangea ferme aux frais du capitaine, et dansa à cœur joie dans une grange, à la lueur des chandelles fournies par le capitaine...

Après avoir longuement ruminé, la Flabault eut une inspiration et demanda à la mère du beau Sylvain si elle ne pouvait pas lui avancer aussi deux ou trois « petites pierres de sucre », rapport à l'oncle Triverne qui aimait à faire une petite trempette de vin sucré.

La Bricaud ouvrit l'armoire sans rien dire, y prit cinq « pierres de sucre » et les tendit à la Flabault, qui les fourra dans sa poche, après les avoir comptées.

« Cette fois, c'est pour de bon que je me sauve, dit-elle en se levant. Eh ! voyons donc, les bons comptes font les bons amis. Nous disons que j'ai à vous rendre deux bouteilles, deux chandelles, une flèche de lard, cinq pierres de sucre ; je ne sais pas si je dois emporter l'andouille, car nous n'en avons pas absolument besoin, et mon homme...

— Allons, allons! dit le père du beau Sylvain, emportez l'andouille par-dessus le marché.

— Ecoutez, les Bricaud, s'écria l'emprunteuse dans un accès passager d'enthousiasme sincère, ma grand'foi du bon Dieu! vous êtes du bon monde... du tout à fait bon monde! » ajouta-t-elle en ouvrant la demi-porte.

Elle n'eut pas le temps de la refermer. « Voilà le capitaine, dit-elle à demi-voix en rentrant précipitamment, et comme on ne peut point passer à deux sur la chaussée, je lui fais place. »

Elle n'ajouta pas que le capitaine portait sur l'épaule gauche, dans un filet, une énorme provision de bolets. C'est très bon les bolets, et la Flabault les aimait.

bolets qui iront le chercher. Tendez-moi votre tablier.

Quand elle eut disparu, le capitaine cligna l'œil gauche et se mit à rire. Il connaissait la Flabault et n'était point sa dupe; mais il était si foncièrement brave homme, qu'il ne résistait jamais à la tentation de faire plaisir aux gens.

Lorsqu'il eut ri sans éveiller d'écho, il fit volte-face en disant :

« J'ai une soif de tous les diables!

— Tapez là-dessus, capitaine, » lui répondit le bon géant en lui montrant un verre plein jusqu'au bord d'un mélange de cormé et d'eau fraîche, et posé sur une assiette à fleurs, que la jeune femme lui présentait en souriant.

C'était le capitaine qui lui avait appris à

LE CAPITAINE L'INSPECTA MINUTIEUSEMENT

Le capitaine apparut presque aussitôt, la tête droite, les épaules effacées, la poitrine bombée, marchant de son pas ferme et bien rythmé.

Au premier moment, il cligna des yeux pour savoir à qui il avait affaire, ensuite il ôta son chapeau de paille, allongea une tape d'amitié dans le dos de Bricaud père, embrassa Bricaud fils et la petite maman de Bricaud fils, fit : « Ouf! » et déposa son filet sur la huche, à côté de son chapeau.

« Oh! qu'ils sont beaux! s'écria la Flabault en couvant les bolets du regard.

— Beaux et bons! » répliqua le capitaine avec un sourire d'orgueil. Ça vient de loin, mais le fait est que c'est de la belle marchandise.

« Si mon pauvre bonhomme n'avait pas ses douleurs, insinua la Flabault, je vous demanderais l'endroit...

— L'endroit est à trois lieues d'ici, dans le bois des Pichets, ma bonne femme; ce n'est pas une promenade à faire pour un rhumatisant, mais puisque votre homme ne peut aller chercher les bolets, c'est les

présenter le verre sur l'assiette; on voyait bien qu'il avait connu le monde et qu'il était au courant des belles manières.

Mais son filleul, quand il ne dormait pas, n'était pas homme à se laisser oublier longtemps. « Oué! io! bu! brrr! » s'écriait-il au milieu du silence. Et il regardait tour à tour chacune des personnes présentes avec une naïve effronterie.

Le grand Bricaud, solennel comme un juge, tenait le poupon avec une admirable maladresse. Tant que sa mère avait été occupée à servir le capitaine, Sylvain l'avait suivie du regard, comme en extase. Par moment, il avait des soubresauts qui faisaient frémir son père, et il allongeait les deux bras à la fois, comme pour saisir sa mère. Découragé par une douzaine d'essais infructueux, Sylvain changea de batterie, fit quart de conversion, et, ses regards rencontrant le visage rougeaud de son père, il porta ses espérances de ce côté. La grande mèche de cheveux, qui pendait sur la joue paternelle, devint son « objectif ». En visant la mèche, il griffa le menton, puis le nez, puis la joue, et enfin, oh enfin, empoigna la mèche et s'y suspendit de toutes ses forces.

C'est pour célébrer son triomphe qu'il avait émis les sons : « Oué! io! bu! brrr! »

« La belle intonation! s'écria le capitaine. Quel coffre! Il ne lui manque que la parole pour commander un escadron! Cuirassier de la tête aux pieds, un vrai cuirassier!

— Tout le monde n'est pas de votre avis, objecta la Bricaud en lançant au géant persécuté un regard plein de malice.

— Tout le monde n'est pas de mon avis! s'écria le capitaine d'une voix tonnante.

— Non capitaine, il y en a qui disent que Sylvain est bien petit pour brailler si fort.

— Il braille selon sa conformation et selon sa taille, reprit le capitaine d'un ton dogmatique. Et je voudrais bien savoir quel est le... hum! le malotru qui s'est permis...

— Sauf votre respect, capitaine, balbutia le géant persécuté, c'est moi qui ai eu le malheur de dire cela.

— Toi!

— Sans malice, capitaine, oh! sans malice.

— Vincent, tu m'étonnes. Je n'aurais jamais cru ça de toi.

— Je n'avais pas la tête à moi; il m'avait réveillé en sursaut. »

Le capitaine fit entendre un petit sifflement de désapprobation, secoua gravement la tête et reprit : « Ça demande réflexion, comme on dit au conseil de guerre. »

Marie Bricaud eut pitié de son mari et le délivra des menottes entreprenantes du beau Sylvain. Elle commençait peut-être à se repentir d'avoir attiré sur sa tête innocente l'orage qui se formait derrière la main du capitaine. C'est peut-être pour détourner cet orage qu'elle osa interrompre la délibération du conseil de guerre, en posant le filleul sur les genoux du parrain et en disant : « Soupesez-moi ça! »

Le capitaine prit le beau Sylvain dans ses bras et le soupesa avec orgueil.

« Plus lourd qu'hier, parole d'honneur. »

Pour achever de purifier l'atmosphère, le père coupable a la malencontreuse idée de tenter une diversion.

« Comme vous savez parler aux enfants! dit-il d'une voix flûtée.

— Aux hommes aussi. Dans ton cas, Vincent, il y a du pour et du contre. Ton excuse, c'est que tu n'as pas été militaire. Je ne t'en fais pas un crime, puisque tu étais fils de veuve et qu'il fallait bien faire vivre cette vieille mère. Je te plains plutôt de tout mon cœur, parce que, si tu avais été militaire, tu saurais bien des choses que tu ne sais pas et que tu ne peux pas savoir. Tu saurais, par exemple, qu'un homme, un vrai homme, doit toujours savoir ce qu'il dit et ce qu'il fait. Tiens, une

supposition. Ton régiment est devant l'ennemi; tu es de grand'garde; on te pose en sentinelle perdue; c'est la nuit, tu t'ennuies dans ton coin; tu penses au pays, et tu t'endors à moitié, tout debout, le menton sur le canon de ton fusil. Arrive une ronde; on te crie le mot d'ordre, et tu dois répondre par le mot de ralliement; le mot de ralliement est : *Porte de cave*, supposons; comme tu n'es pas bien réveillé, tu réponds : « *Grenier à foin* ». Va te promener! On t'empoigne, tu passes en conseil de guerre, et l'on te fusille, ou à peu près. Car, en ne sachant pas ce que tu disais, tu as compromis tout un corps d'armée. Comprends-tu?

— Pas très bien, capitaine. Il y a là dedans un peu de brouillamini.

— Au diable le brouillamini! Comprends-tu du moins qu'un homme doit toujours savoir ce qu'il dit?

— Oh ça, oui.

— Ça suffit. Et maintenant, je vais te prouver aussi clairement qu'un homme doit toujours savoir ce qu'il fait. Ecoute bien.

— Oui, capitaine, j'écoute bien.

— Ton régiment est devant l'ennemi.

— Oui, capitaine, comme tout à l'heure.

— Au beau milieu de la nuit, on sonne le boute-selle. Tu sais ce que c'est que le boute-selle?

— Vous me l'avez expliqué bien des fois, capitaine. Il y en a un qui souffle dans une trompette; ça veut dire: boutez les selles sur les chevaux, et les hommes sur les selles, et plus vite que ça, s'il vous plaît!

— Très bien. On sonne le boute-selle. A moitié endormi, tu selles ton cheval, tu montes dessus, le régiment part. Mais, rapport au sommeil, tu ne sais pas ce que tu fais. Les camarades partent à *hue*, toi, tu pars à *dia*. On t'arrête. Déserteur. Conseil de guerre. « Qu'est-ce que tu as à dire pour ta défense? — Mon colonel, je ne savais pas tant seulement ce que je faisais. — Précisément, répond le colonel, c'est ce qui s'appelle déserter devant l'ennemi. » Il fait signe aux autres. Les autres disent: « Oui, mon colonel », et on te fusille. Ça ne t'apprend pas à vivre, mais ça apprend à vivre aux camarades; ça leur apprend à savoir ce qu'ils font. Tu as compris?

— Oui, capitaine, seulement...

— Seulement quoi?

— Seulement ce n'est pas la même chose de manger la consigne et de déserter quand on est militaire, ou de dire une parole en l'air quand on est paysan.

— Tu as du vice, Vincent, avec ton air tranquille. Tu raisonnes avec tes supérieurs. Je ne veux pas dire que tu seras fusillé, mais je veux dire que tu as fait une chose qui n'est guère jolie en trépignant sur les sentiments d'une femme, d'une mère. As-tu, oui ou non, trépigné sur les sentiments de ta femme?

LE CAPITAINE SE MIT A PELER DES CHAMPIGNONS

— J'ai trépigné, répondit le pauvre Bricaud avec accablement. Mais, ma grand'foi du bon Dieu ! je ne savais pas...

— Allons, c'est bon ! Vincent, donne-moi la main, mon garçon : je savais bien qu'il suffirait de faire appel à tes bons sentiments. A présent, nous allons trinquer. »

Le parrain choqua son verre contre celui de Vincent.

Voyant le verre dans la main de sa mère, le beau Sylvain étendit ses deux petites pattes.

« Qu'il boive aussi ! dit le capitaine.

— C'est du cormé pur, objecta la mère.

— Une goutte pour voir, » insinua le capitaine.

Ce ne fut pas une goutte, mais une lampée que s'administra le beau Sylvain. Et même, au lieu de faire la grimace, il essaya de ressaisir le verre.

Cette preuve manifeste de précocité et d'énergie fut saluée par de bruyants applaudissements.

« Nom d'un tonnerre ! s'écria le capitaine, voilà un particulier qui ira loin, c'est moi qui en réponds, moi le chevalier Faret, décoré de la main de l'Empereur ! Il entrera au régiment, avec une dégaine aussi tranquille que toi, Bricaud, quand tu entres dans ta grange.

— Pardi, c'est bien cela, je le vois d'ici, dit Bricaud.

— Et puis, sa mère ne sera pas fière, non, c'est le chat ! quand son beau cuirassier viendra en semestre et qu'il se mettra en grande tenue, ganté de blanc, la latte au côté, le plumet rouge au casque et qu'il lui donnera le bras pour la conduire à la messe ou aux assemblées, et que les gens diront : « Trédame, le bel homme ! le beau militaire ! » et que les autres répondront : « C'est le fils à la Marie Bricaud ! On voit bien qu'il ne pâtit pas des fièvres de ce chien de pays, comme tel et tel ; on voit bien qu'il ne se casse pas l'échine à « marrer » les vignes comme tous nos hommes à nous. Est-il droit, mon Dieu, est-il droit !

Le capitaine, n'ayant pas de fils en qui il pût se survivre, avait jeté son dévolu sur le beau Sylvain et s'était décidé à devenir son père spirituel, après avoir toutefois constaté, avec sa prudence habituelle, que le nouveau venu était « bien conformé et bon pour le service ». Il avait appris la diplomatie en courant le monde. Sûr d'avance que le grand Bricaud voudrait ce que voudrait sa petite femme, c'est du côté de la petite femme, ou plutôt du côté de la petite mère, qu'il avait dirigé le feu de toutes ses batteries.

CHAPITRE III

QUOIQUE illettré, le capitaine était fin. Comme l'état militaire était, à ses yeux, l'idéal des états pour un homme, c'est du plus profond de son cœur qu'il tirait ses arguments en faveur de l'état militaire. Il est cruel pour une mère de se séparer de son fils, avec la perspective de ne le voir qu'à de longs intervalles ; mais il est peut-être encore plus dur de le voir grandir avec la presque certitude qu'il sera vieux avant quarante ans, à supposer qu'il échappe à l'influence pernicieuse des fièvres paludéennes, car les fièvres paludéennes exerçaient des ravages terribles dans le canton de Sivaud. Avec une rare habileté, le capitaine faisait appel à son amour et à son orgueil maternel et à ses craintes pour l'avenir. Et puis, Marie savait la valeur de l'argent, de ce pauvre argent, que l'on a tant de peine à gagner, et voilà pourquoi il parlait volontiers de ses « petites économies ». Il allait de soi que, n'ayant ni enfants ni parents, il laisserait ses petites économies à Sylvain.

« Tout cela c'est la pure vérité, » dit le grand Bricaud en hochant gravement la tête.

Et voilà comment et pourquoi le beau Sylvain fut destiné, dès sa plus tendre enfance, à servir son pays, entre les deux coquilles d'une brillante cuirasse, la tête emboîtée dans un casque élégant à plumet rouge, la grande latte au côté, avec l'avenir devant lui.

Mais, pour le moment, c'était le fils « bien braillant et bien venant » d'un petit métayer, qui, malgré tout son courage et toute sa bonne volonté, avait bien de la peine, après avoir joint les deux bouts, à mettre de côté, bon an, mal an, quelques écus de six livres ; la terre était si mauvaise dans ce canton-là, et les procédés de culture si arriérés !

C'est sans doute cette pensée qui poussa le grand Bricaud à se lever de son escabelle. Ayant regardé la hauteur du soleil, il dit en manière d'excuses : « Voilà qu'il est grand temps que je reparte ; vous excuserez, capitaine ?

— Fais, fais, mon garçon. La consigne est la consigne. Pars du pied gauche, et du cœur à la besogne ! Moi, je veillerai sur mon « fieu » en épluchant les champignons. »

Le grand Bricaud s'en alla tout content, parce qu'il avait le cœur en repos et l'estomac bien lesté.

Lui parti, le capitaine assujettit sur son nez ses grosses lunettes de corne, tira de sa poche un canif bien aiguisé et se mit à peler les champignons. Tout en se livrant à cette importante occupation, il avait l'œil à tout, au sommeil du beau Sylvain qui s'était rendormi, aux allées et venues de la Marie.

Comme elle s'était assise un instant, à l'autre bout de la table, pour éplucher la salade, le capitaine lui dit: « J'ai toutes sortes d'idées, rapport à ton petit garçon. Pour commencer par un bout, il y a une chose qu'il faut que je mette dans ta tête pour que tu la coules tout doucement dans la tête de ton homme. Ce trou à fumier, avec son purin qui déborde par toute la cour, c'est une chose laide pour l'œil, désagréable pour le nez et mortelle pour la santé: tu entends bien, ma fille, mortelle pour la santé de Sylvain.

— De tout temps..., objecta la Marie.

des bêtes, on planterait une bonne barrière aux deux tiers de la cour. »

La Marie était devenue toute rouge d'émotion.

« Capitaine, dit-elle à son vieux parent, les gens des deux Sivaud disent que vous avez une bonne tête sous votre chapeau et un bon cœur sous votre gilet...

— Ça vient d'avoir été militaire, Sylvain sera comme cela.

— Dieu vous entende et vous bénisse. Quand je pense à tout ce que vous faites pour nous

— Soigne-moi mon cuirassier et nous serons quittes. » Et comme elle ouvrait la bouche pour ajouter quelque chose, il s'écria d'un ton bourru: « Nom d'un tonnerre, à qui est-ce que je parle ? »

LA SOCIÉTÉ ENTRA SANS SE FAIRE PRIER

— De tout temps, le pays a été malsain. J'ai vu, dans mes courses, des pays bien cultivés et bien soignés: jamais, dans ces pays-là, on n'a le trou à fumier devant sa porte. Me crois-tu ?

— Je vous crois, et je conterai cela à mon homme. Il grognera peut-être, parce que c'est un travail et une dépense, mais il me suffira de lui dire: « Le capitaine l'a dit, et d'ailleurs il s'agit de la santé de Sylvain. »

— Et de sa sûreté aussi. Car enfin Sylvain ne passera pas toute sa vie couché dans son berceau, sais-tu bien qu'un petit enfant se noierait dans le trou au purin ?

— C'est encore vrai, dit la Marie en frissonnant.

— Au lieu que sur une bonne terre bien battue, avec une bonne couche de sable, pour qu'il puisse s'amuser et tomber sans se faire de mal... Ce n'est pas le sable qui manque dans l'Hougue, et cela m'amuserait d'en tirer. Et puis, pour que le petit ne fût pas exposé à se jeter dans les jambes

Il avait parlé si fort que le beau Sylvain s'éveilla et se mit à brailler.

« Allons, bon ! voilà que je l'ai réveillé. Est-ce son heure de boire ?

— Oh non ! pas encore. Je vais le rendormir.

— Pas du tout, comme c'est moi qui l'ai réveillé, nom d'un chien ! c'est moi qui le rendormirai !

— Si l'on vous voyait, on en rirait.

— Je m'en moque comme de l'an quarante !

— Ecoutez, capitaine, vrai de vrai, vous ne saurez pas l'empêcher de pleurer.

— Ah ! tu crois cela ; oh bien, tu vas voir. » Là-dessus le capitaine ouvrit la demi-porte et cria: « Petits, petits, petits ! »

La mère poule apparut au tournant de la chaussée, suivie de ses poussins.

« Allons, vous autres, dit le capitaine à la petite bande, essuyez-vous les pieds avant d'entrer, et venez picoter la salade, la bonne salade, pour amuser le beau Sylvain. »

La société entra sans se faire prier davantage, et se mit à nettoyer prestement le petit tas d'épluchures. La poule caquetait, les poussins pépiaient, le capitaine dansait sur place, et, pour que le beau Sylvain fût charmé par l'ouïe aussi bien que par la vue, il se mit à lui chanter d'une voix parfaitement fausse celles des chansons de Béranger qui célébraient la gloire de *l'autre*.

Pendant que chacun était à son affaire, il y eut un grand bruit de sabots fêlés sur la chaussée, une ombre passa en clopinant devant la petite fenêtre et bientôt un pauvre idiot boiteux, d'une vingtaine d'années, que l'on appelait l'Innocent, montra au-dessus de la demi-porte sa tête ébouriffée, surmontée d'un chapeau sans forme et sans couleur. Il ôta son chapeau, le tendit par-dessus la porte, sans entrer, et nasilla plutôt qu'il ne dit: « Chrétiens du bon Dieu, la charité à l'Innocent ! » Pendant que la Marie s'affairait à couper un croûton à la miche, les yeux de l'Innocent, qui s'étaient accoutumés à l'obscurité de la salle, se fixèrent avec un étonnement stupide sur cet objet extraordinaire: un foudre de guerre transformé en nourrice sèche. Quand il eut bien compris le comique de la chose, il éclata d'un gros rire.

« Allons, lui dit la Marie, voilà un beau croûton, mets-le dans ton bissac, et continue ta tournée ! »

Mais l'Innocent se penchait tantôt à gauche, tantôt à droite, selon les mouvements qu'elle faisait pour lui cacher le capitaine.

« Il y a là, derrière vous, dit-il, un monsieur qui me donne deux liards tous les samedis.

— Mais certainement, mon garçon, tu auras tes deux liards, » dit le capitaine, s'avançant au grand jour, sans vergogne, toujours chargé de son précieux fardeau. « Sylvinet, dit-il, voilà le pauvre Innocent. Tu es un chrétien du bon Dieu, Sylvinet, et c'est toi qui vas donner les deux liards à l'Innocent. Marie, cherche dans la poche de droite de mon gilet, c'est la poche aux liards. Très bien, ma bonne fille. Maintenant, mets-moi ça dans la main de Sylvinet, pour qu'il apprenne tout jeune à faire la charité ! »

La Marie n'eut pas plutôt placé les deux liards dans la paume du beau Sylvain, qu'il referma ses doigts dessus comme un avare, et porta les deux liards à sa bouche comme un goulu. Mais la Marie, qui connaissait ses manières, avait prévu le coup à temps. Elle lui introduisit prestement entre les lèvres un petit tampon de linge qui recélait dans ses flancs arrondis un mélange de mie de pain et de sucre. C'est avec ces tampons-là que les femmes du pays trompent l'impatience de leurs nourrissons. Sylvinet donna dans le panneau, et, profitant de ce qu'il avait concentré toute sa jeune attention sur le tampon de linge,

elle dirigea le petit bras vers le chapeau de l'Innocent, et la main inerte laissa tomber les deux liards au fond du triste couvre-chef. Si l'on considère le fait matériel, Sylvain avait donné de sa main deux liards à un pauvre; mais, si l'on considère l'intention, il avait simplement laissé choir les deux liards, parce que son attention et sa volonté étaient occupées ailleurs. « Mais, qu'importe, comme disait le capitaine, c'est toujours un commencement, et l'on ne saurait s'y prendre de trop bonne heure pour inculquer aux enfants de bons principes ! »

« C'est l'heure de son repas, rendez-le-moi, » lui dit la Marie un peu sèchement. Elle lui en voulait de s'être donné en spectacle.

« Eh bien, ma fille, ajouta-t-il pendant que la Marie se détournait un peu pour donner le sein au beau Sylvain, auras-tu le cœur content, si je te dis que ce que je viens de faire, il y a deux fameux lapins qui l'ont fait avant moi, deux grands empereurs : l'empereur Henri IV et l'empereur Napoléon Ier ? L'Empereur Henri IV, un Bonaparte, ça va sans dire, grand-père ou arrière-grand-père du-mien (je ne me souviens pas lequel des deux), un jour s'est mis à quatre pattes sur un tapis et il a pris ses petits sur son dos, pour que ça les amuse. On fait entrer un grand personnage, qui dit : « Bien le bonjour, la compagnie, monsieur, madame et les petits. Mais, sire, qu'est-ce que vous faites donc là comme ça, à quatre pattes ? — J'amuse mes petits. — C'est très gentil, sire, vous êtes un bon père; ne vous dérangez pas pour moi, continuez. » Eh bien, ma fille, qu'est-ce que tu crois que ça aurait fait à ce brave homme d'avoir été vu par l'Innocent, et d'entendre l'Innocent faire : « Oh ! oh ! oh ! » par là-dessus ? Rien du tout. Moi de même ; et encore je n'étais pas à quatre pattes !

« Ce que je viens de te conter là, je l'ai vu sur une image et quelqu'un me l'a expliqué. Mais ce que je vais te dire, je l'ai vu de mes yeux ! Oui, de mes yeux, j'ai vu le grand Napoléon prendre le petit roi de Rome dans ses bras. Et tu crois peut-être qu'il s'en cachait ? Au contraire, il l'a pris dans ses bras, devant ses soldats, et il le leur a montré. Les soldats, qui n'étaient pas des Innocents, n'ont pas fait : « Oh ! oh ! oh ! » ils ont crié : « Vive l'empereur ! vive le roi de Rome ! » Ainsi, tu vois bien, ma fille ! »

La Marie, d'un mouvement de tête, désigna le beau Sylvain qui commençait à s'endormir.

D'un signe de tête, le capitaine montra qu'il comprenait; ensuite, croisant ses bras sur sa poitrine, il demeura aussi immobile qu'un sphinx, très fier du succès oratoire qu'il venait d'obtenir.

Quand le beau Sylvain dormit du sommeil du juste et que la Marie l'eut réintégré dans son auge, le capitaine lui fit signe de venir s'asseoir auprès de lui et lui dit à voix basse :

« C'est comme cette auge! il faudra changer ça aussi !

— Quelle auge?

— Eh ! pardi, cette boîte où tu fourres ton enfant. Il étouffe là dedans, il ne respire pas.

— Mais, capitaine, nous avons tous été élevés dans des affaires comme ça : vous, Vincent, moi.

— Nous n'en vaudrions que mieux si nous avions respiré à notre aise.

— Je ne parle pas de Vincent et de moi ; mais vous, capitaine, vous êtes droit comme un peuplier et fort comme un chêne.

— Je serais encore plus droit et encore plus fort. Et puis, ce fond de boîte qui pose à plat contre la terre battue, c'est une souricière à rhumatismes. Tu ne veux pas, n'est-ce pas, que Sylvain s'en aille faire sa première communion sur des béquilles. Je me charge de remplacer l'auge par un berceau plus chrétien, en osier, en joli osier ; l'air se promène entre les brins d'osier, et l'enfant en a sa suffisance. Et puis, ces berceaux-là, ça se pose sur quatre pieds, et l'enfant ne passe pas tout le temps de son dormir à pomper cette mauvaise humidité de la terre, d'où viennent toutes nos maladies, toutes ! »

La Marie, effrayée, s'écria avec énergie : « Alors, le plus tôt sera le meilleur. Mais où trouve-t-on ces berceaux-là ?

— Au château d'Austerlitz ! »

C'est de ce nom pompeux que le vieux soldat décorait facétieusement sa petite bicoque.

« Alors, vous voilà devenu marchand de berceaux ? demanda la Marie, qui tombait de surprise en surprise.

— Marchand, non ; fabricant, oui. J'ai donc fabriqué un berceau pour mon filleul, un grand, grand berceau où il se remuera à son aise. Demain soir le beau Sylvain pourra coucher dedans et... et ma montre me dit qu'il est temps que je m'en aille voir à mes lapins ; et... je n'ai que faire de tes litanies, et de tes compliments et de tes remerciements. »

Dès le lendemain soir, le beau Sylvain coucha dans son berceau d'osier, porté sur quatre pieds d'une solidité à toute épreuve. Puis, un jour poussant l'autre, le trou à fumier fut relégué dans un terrain stérile, derrière trois noyers rabougris qui ne s'étaient jamais consolés des gelées du grand hiver. C'était une innovation, que ce transfert du trou à fumier. Naturellement on en causa dans le hameau, mais on n'osa pas en causer trop haut. Le capitaine était un grand homme. Aux grands hommes on passe bien des lubies.

La barrière de séparation a passé du domaine du rêve dans celui de la réalité. Pour une solide barrière, c'est une solide barrière, sans compter que la petite porte qui donne sur le chemin est un vrai chef-d'œuvre d'ingéniosité prévoyante : la clenche en bois est à l'extérieur. Pourquoi? Parce que, si elle était à l'intérieur, le jeune Sylvain, quand il sera en âge de trotter tout seul, ne manquerait pas de l'ouvrir pour aller voir ce qui se passe dans le vaste monde.

Et voilà que le capitaine, de menuisier se fait peintre, et l'on vient de partout voir la barrière verte. De peintre, le capitaine se transforme en tireur de sable, en charroyeur de sable, en semeur de graines et en planteur de rosiers. Le soleil éclaire une petite ferme bien vieillotte sans doute, mais une cour proprette et un petit garçon joufflu qui se roule à la journée dans le sable, en attendant que, devenu plus parfait de corps et d'esprit, il sache faire des pâtés avec le sable et porter le désordre dans les cultures.

Aussitôt que le beau Sylvain fut en état de se transporter d'un lieu à un autre, sans secours étranger, il en profita pour faire de nombreuses expériences sur l'impénétrabilité de la matière et la résistance des corps durs, en d'autres termes il se lançait toujours avec tant d'impétuosité, qu'il avait sans cesse la tête et les membres couverts de contusions. Il n'attendait pas que l'une fût guérie pour en attraper une autre. Mais, comme le drôle ne pleurait jamais, le capitaine se réjouissait de le voir si dur au mal.

Il avait décidé dans sa tête que son cuirassier nagerait comme un poisson. Dès l'âge de six ans il l'emmena barboter dans l'Hougue par les beaux jours d'été, pour l'habituer à l'eau.

C'était dans un endroit choisi avec soin, à l'ombre d'un grand bouquet d'aunes. L'eau coulait tiède et limpide, profonde d'un pied à peu près, sur un banc de sable fin. Le cuirassier, nu comme un jeune dieu mythologique, s'ébattait avec délices, pendant que le capitaine, planté en aval, comme un héron sur ses deux jambes nerveuses, le pantalon relevé jusqu'aux genoux, pêchait le goujon, un œil sur le bouchon de sa ligne, l'autre sur le petit Triton dont les culbutes et les soubresauts troublaient la limpidité de l'Hougue ; or il paraît que les goujons, quoiqu'ils recherchent les endroits limpides sur les bancs de sable, aiment assez qu'on trouble leur eau. C'est leur idée, à ces bêtes. « Et ça se trouve bien, disait le capitaine, parce que, comme cela, je peux faire deux choses à la fois, pêcher et baigner mon cuirassier. »

Le cuirassier prenait un tel plaisir à ces

ébats, qu'il attendait toujours son baigneur avec impatience et quand le baigneur s'attardait de quelques minutes, il trouvait son cuirassier debout derrière la barrière, le nez passé entre deux pâlis, guettant son arrivée.

CHAPITRE IV

Or il arriva un beau jour de juillet, à l'époque où Sylvain avait six ans, que le capitaine reçut à l'improviste la visite d'un frère d'armes. Le cuirassier attendit un gros quart d'heure, le nez entre les deux pâlis, auxquels ses grosses mains potelées se cramponnaient avec impatience.

Au bout d'un quart d'heure, il décida qu'il irait se baigner tout seul. Comme il n'était pas assez grand pour atteindre la clenche, à force de jouer des pieds, des mains et des genoux, il finit par se hisser jusqu'en haut. Arrivé là, il prit mal ses mesures, et, au lieu de descendre de l'autre côté, dégringola les quatre fers en l'air. La rotondité de sa personne amortit la lourdeur de la chute. Il demeura cependant quelques secondes sur le dos, un peu étourdi et très penaud : il ne s'était pas attendu à cela. Quand il eut repris ses sens, il secoua les oreilles et se mit à cheminer dans la direction de l'Hougue.

Chemin faisant, comme il passait devant une chaumine de triste apparence, il vit un petit garçon de trois ans, extraordinairement malpropre, qui flânait au soleil, assis sur une pierre plate, le long d'un mur, parmi des touffes d'orties.

Sylvain avait très bon cœur, et cela lui fit de la peine de voir un petit garçon qui avait l'air d'être en pénitence. Il pensa donc à le distraire. De plus, il savait qu'il est honteux d'être sale, et le petit malheureux était sale au delà de toute expression. Il s'arrêta au milieu du chemin ; il sourit au petit garçon et le petit garçon lui rendit son sourire.

La glace étant ainsi rompue, le beau Sylvain dit poliment, d'une voix douce et insinuante :

« Petit goret, viens avec moi, je te ferai prendre un bon bain dans l'Hougue.

Le petit « goret », qui s'ennuyait sur la pierre plate où sa mère l'avait mis en pénitence, se leva et mit avec une confiance touchante sa patte malpropre dans la main de Sylvain.

Ils descendaient vers la rivière, sur les cailloux roulants du chemin pierreux, entre deux talus couverts de thym et de serpolet, Sylvain mesurant avec complaisance ses enjambées de jeune géant sur le trottinement du petit goret, lorsqu'ils rencontrèrent une bonne femme qui remontait la pente en geignant.

« Hélas ! mon bon Dieu ! dit la bonne femme, où allez-vous donc comme ça, mes enfants ?

— Nous allons nous baigner, répondit poliment le beau Sylvain.

— Vous baigner, miséricorde ! mais vous vous noierez pour sûr.

— Non, répondit gravement Sylvain, je sais un endroit où on ne se noie pas. Il faut que je lave ce petit-là, regardez comme il est sale. »

La bonne femme fit une grimace et dit : « Pour sale, il est sale ; toi, qui parles si sagement, tu dois être le Sylvain à la Bricaud. Puisque tu dis que tu sais un bon endroit, tu en sais un pour sûr, car jamais dans votre famille on n'a su ce que c'était que de mentir ou de se vanter. Mais, avant de laver ce petit dans la rivière, sais-tu s'il n'a pas mangé depuis peu ? »

Le petit « goret » avoua qu'il venait de manger un plat tout entier de pruneaux et de poires tapées.

Sylvain fut saisi d'une peur affreuse à l'idée que le petit « goret » serait peut-être mort, s'il l'avait mis dans l'eau avec la charge de poires tapées qu'il avait sur l'estomac. Il dit donc d'un air de profonde sagesse : « Je crois bien que je vais le remettre là où je l'ai pris.

— C'est ça, mon pichon. Reconduis-le. Et puis, vois-tu, pendant que tu y seras, tu feras peut-être aussi bien de retourner à la maison. Tes parents savent-ils que tu t'en vas comme cela tout seul à la rivière ?

— Non, répondit franchement le beau Sylvain.

— Alors ils seront en peine de toi.

— Je n'avais pas pensé à cela. Alors je m'en retourne chez nous.

— C'est joli de ta part. Va, mon mignon ! »

La bonne femme regarda partir les deux enfants ; ensuite elle prit, en geignant bien fort, un sentier qui grimpait sur une bosse de terrain et devait aboutir dans le creux, au delà, à une masure, dont on apercevait seulement la cheminée et le toit couvert de joubarbes et d'iris.

Comme Sylvain n'était pas trop content de lui-même, il ne desserra guère les dents. Cependant il n'eut pas le cœur de malmener le marmot malpropre. Après l'avoir remisé sur sa pierre plate, il allait s'éloigner, quand la mère de l'amateur de poires tapées apparut sur la porte de la masure.

« C'est donc toi qui me l'avais débauché ? dit-elle d'une voix criarde.

— Je ne l'ai pas débauché. Je l'avais emmené pour le laver dans la rivière ; mais, quand j'ai su qu'il venait de manger, je l'ai ramené et le voilà !

— Manger ! cria la bonne femme ; si ce n'était que manger ? mais il a gloutonné tout notre souper de ce soir.

— C'est très laid, dit sérieusement le beau Sylvain ; et puis c'est très laid aussi d'être malpropre. Savez-vous, la mère, à votre place, moi, je le savonnerais. »

La mère le pria de se mêler de ce qui le regardait et lui dit que ce n'était pas la peine d'être fier comme un paon, parce qu'on était filleul d'un vieux pas grand'chose de soldat.

tit. On placerait cela à la caisse d'épargne.

Au bout de quelques mois, le capitaine s'aperçut que Sylvain avait, comme qui dirait, l'instinct de la consigne ; aussi, plus clairvoyant que le père et la mère, mettait-il tous ses soins à l'occuper utilement sans le fatiguer, lui faisant faire ses courses, l'emmenant pêcher, chasser, ramasser des champignons, lui enseignant tous les petits métiers que doit savoir un bon soldat, lui donnant des leçons de marche et de maintien, et plus tard d'escrime.

Mais on ne peut pas toujours tenir un garçon à l'attache, surtout un petit hercule, en qui la vie surabonde et qui a besoin de dépenser le trop-plein de son activité.

ILS RENCONTRÈRENT UNE BONNE FEMME

Sylvain devint aussi rouge qu'un coquelicot, mais il ne riposta pas.

Quand on est sale, on doit se laver, n'est-ce pas ? Alors pourquoi cette femme se fâchait-elle ? Et puis, qu'est-ce que son parrain venait faire là dedans ?

Il rentra au domicile, l'oreille basse et raconta ses aventures avec sa franchise accoutumée. On ne le gronda pas, puisqu'il avouait, mais le capitaine lui fit promettre de ne plus jamais sortir de son enclos sans permission.

Quand Sylvain eut attrapé ses sept ans, on lui mit une belle gaule entre les mains et on lui confia un petit troupeau d'oies, qu'il menait pâturer dans des endroits qu'on lui indiquait d'avance. L'idée du troupeau d'oies était née dans le cerveau du capitaine. « Trop petit, se dit-il, pour travailler la terre, trop grand pour rester les bras croisés ! » Il avait d'abord songé à un troupeau de dindons ; mais, informations prises, il apprit que les dindons n'avaient jamais réussi dans le pays et que les oies réussiraient peut-être. C'est lui qui avait fait la première mise de fonds. On le payerait sur les bénéfices, et le surplus reviendrait à Sylvain, sans qu'on l'en aver-

C'est pendant ses heures de loisir qu'il faillit se casser les reins, en allant dénicher un nid de pie, presque au bout d'une branche, à une hauteur effrayante. C'est pendant ses heures de loisir qu'il mit le feu à une brande, en faisant la partie d'aller manger avec quelques camarades des pommes de terre cuites sous la cendre. Les autres se sauvèrent comme des moutons effrayés. Lui seul garda son sang-froid, et au grand détriment de ses souliers, de son pantalon et de la peau de ses jambes, réussit à faire la part du feu en piétinant aux endroits dangereux. Il porta longtemps les marques de cet exploit.

Il avait seize ans, lorsque, toujours pendant ses loisirs, il fit le pari de grimper jusqu'au coq du clocher par la chaîne du paratonnerre. Il y grimpa assez facilement ; mais, quand il y fut, les curieux qui avaient suivi son ascension à partir de la plate-forme, le virent passer son bras autour de la tige de fer et demeurer complètement immobile. Il avait été pris de vertige. Tout le bourg, le nez en l'air, s'attendait à le voir lâcher prise et tomber sur le pavé. On racontait déjà dans les groupes que pareil accident était arrivé, il y avait une trentaine d'années. Tout à coup on le vit agiter son chapeau de la main gauche, le remettre sur la tête et descendre tranquillement.

A dix-sept ans, autre pari. Il devait parcourir en trois quarts d'heure la distance de Sivaud-le-Hameau à Sivaud-le-Bourg, aller et retour. Il gagna son pari, mais il resta six semaines au lit entre la vie et la mort avec une belle fluxion de poitrine. Un autre y serait resté, il en revint.

Chacun de ces exploits mettait l'esprit du capitaine dans un état singulier. Le capitaine ne pouvait, au fin fond de son cœur, s'empêcher d'admirer l'intrépidité et la crânerie de cet « animal », comme il l'appelait. Et puis, il avait froid jusque dans la moelle des os, à l'idée qu'un beau jour on le rapporterait sur une civière, mort ou, qui pis est, estropié. Allez donc faire entrer un estropié dans un régiment de cuirassiers ! Aussi, à l'issue de la fluxion de poitrine, il supplia Sylvain de lui promettre de ne plus risquer sa peau avant son entrée dans la carrière. Sylvain finit par promettre. Il est plus que probable que le capitaine n'aurait pas eu à lui extorquer cette promesse, si la pauvre Marie avait vécu assez longtemps pour faire appel au bon cœur de son enfant.

Mais la pauvre Marie était morte subitement l'année qui avait suivi la première communion de Sylvain, juste huit jours après l'assemblée de Sivaud-le-Bourg.

La pauvre Marie avait été prise d'une syncope et avait passé de vie à trépas, en une minute. Quel coup !

Ni le grand Bricaud ni Sylvain ne poussèrent les hauts cris : ce n'est pas la manière des gens du pays. Mais ils furent terriblement frappés tous les deux, sans le dire.

Le grand Bricaud devint tout drôle, buvant, mangeant et travaillant par habitude ; mais on voyait qu'il n'avait plus de goût à rien. Son petit ménage s'en serait allé à vau-l'eau, si le capitaine n'eût pas cru de son devoir de se mêler de ses affaires.

Il lui fallait une ménagère. Le capitaine, faute de mieux, jeta les yeux sur la Flabault. C'était une femme d'âge, et, depuis qu'elle avait perdu son mari, elle vivotait misérablement dans sa cahute. Elle était honnête, en ce sens qu'elle n'aurait pas volé une épingle ; mais elle était rapace et insinuante, et elle abuserait certainement de la simplicité et de l'indifférence du grand Bricaud, pour se faire donner bien des petites choses. Le capitaine pensa qu'il fallait faire la part du feu ; et il fut convenu que la Flabault passerait ses journées chez Bricaud, pour nettoyer, épousseter, laver, savonner, cuisiner les repas et raccommoder le linge et les nippes de Sylvain et de son père.

Le grand Bricaud lui, s'absorbait dans le travail de la terre, pour terrasser le souvenir par la fatigue du corps, et non plus pour entasser liard sur liard. Tout lui était devenu indifférent. Il passait quelquefois des journées entières sans adresser un mot à Sylvain, sans avoir l'air de le reconnaître.

Quand Sylvain fut bien remis de sa fluxion de poitrine, le capitaine surveilla son cuirassier avec autant de soin qu'en met un éleveur à surveiller le poulain sur lequel il compte pour gagner le Grand Prix.

Après avoir constaté que son homme était bien en point et « bon pour le service », le capitaine lui dit : « Le moment est venu !

— Bon ! » répondit le cuirassier.

Et ce fut tout pour cette fois.

Pour la forme, on parla de la chose au grand Bricaud, qui répondit : « Bon ! » et retomba dans ses humeurs noires.

Mais la Flabault était là, elle avait tout entendu ; et par ses soins diligents la grande nouvelle se répandit dans Sivaud-le-Hameau, et fut bientôt connue à Sivaud-le-Bourg.

Elle excita l'intérêt d'un gros homme rougeaud, qui était en train de baptiser son café avec de l'eau-de-vie, après avoir déjeuné à outrance, à l'auberge de la *Carpe*. Le gros homme adressa quelques questions à ses voisins, acheva tranquillement son café, et s'en alla trouver le garçon d'écurie.

« Attelle, » lui dit-il, sans plus d'explications.

Pendant que le garçon, sans se presser, faisait sortir de l'écurie un cheval à longs poils et l'attelait à un tilbury crotté, l'homme rougeaud monta à sa chambre, plongea sa tête dans l'eau d'une cuvette pour se rafraîchir les idées, endossa une blouse bleue par-dessus sa redingote de drap luisant, se jeta sur la tête un chapeau de forme basse à larges bords, dégringola l'escalier, sauta dans le tilbury et fouetta son cheval.

En un rien de temps, il atteignit les premières maisons de Sivaud-le-Hameau. Un gamin demi-nu, qui polissonnait dans la poussière, lui indiqua la maison du grand Bricaud. Il ne pouvait pas se tromper, c'était la seule où il y eût une barrière verte.

Il ne se trompa pas en effet ; et bientôt la Flabault, occupée à ravauder je ne sais quelles nippes, l'entendit crier, sacrer, tempêter et demander si tout le monde était mort là dedans.

Quand elle apparut sur le seuil de la bicoque, l'homme rougeaud lui demanda, sans descendre de sa voiture : « Est-ce ici le grand Bricaud ?

— C'est ici, répondit la Flabault d'un air défiant.

— Le patron est-il là ?

LA FLABAULT APPARUT SUR LE SEUIL

— Non, il n'est pas là, il est aux champs, par là-bas. »

— Et le garçon ?

— Le garçon n'y est pas non plus. Est-ce quelque chose que je pourrais leur dire ?

— Non », répondit sèchement l'homme rougeaud.

Tout à coup il se ravisa et dit : « Venez voir un peu ici, la mère. »

La Flabault ouvrit la barrière et s'avança du côté du marchepied.

« Savez-vous ce que c'est que ça ? lui demanda l'homme rougeaud, en lui fourrant brusquement sous le nez une pièce de vingt sous.

— Oui, je sais ce que c'est, répondit la Flabault, dont les petits yeux luisants louchaient de convoitise sur la pièce d'argent.

— Eh bien, c'est à vous, si vous me mettez nez à nez avec le père ou avec le fils, d'ici à un quart d'heure. Voilà.

— Attendez donc, s'écria la Flabault. Maintenant que j'y pense, je suis sûre que vous trouverez le fils au château d'Austerlitz.

— Qu'est-ce que c'est que ça, le château d'Austerlitz ? Un cabaret, hein ?

— Non, c'est la maison du capitaine, à trois pas d'ici, derrière ce bouquet de marronniers. Elle est presque neuve, blanchie à la chaux. A côté de la porte, vous verrez en image un soldat dans une guérite. »

Le fait est que le capitaine, après avoir si longtemps monté la garde à la porte des autres, avait voulu être gardé à son tour. Il avait fait représenter sur son mur, par le premier peintre d'enseignes de Sivaud-la-Ville, un grenadier de la garde, de grandeur naturelle, qui faisait sa faction d'un air sévère, l'arme au pied, dans une guérite dont la perspective laissait fort à désirer.

CHAPITRE V

TIENS ! dit le capitaine, qui aperçut le premier l'homme rougeaud, voilà le *marchand d'hommes* de Sivaud-la-Ville. Qu'est-ce qu'il vient faire par ici dans son tilbury crotté ? »

A l'époque où la loi militaire autorisait le remplacement, on appelait tout crûment « marchands d'hommes » les agents qui s'occupaient de cette sorte de trafic.

Le marchand d'hommes, ayant attaché son cheval à un gros châtaignier, entra le chapeau à la main, le sourire sur les lèvres.

« Bonjour la compagnie », dit-il en essayant de prendre un air bonhomme. Il ajouta, en portant sa patte à sa tempe droite, pour simuler le salut militaire : « Bonjour, mon colonel ! Je passais par ici pour une petite affaire, et je me suis dit : « Tiens, il faut que je fasse une petite visite au colonel. » Et ça va toujours bien, mon colonel ?

— On va de son mieux, répondit le capitaine avec une certaine hauteur.

— Allons, tant mieux ! Eh, mais ! voilà un gaillard qui ne se porte pas mal non plus ; sapristi, quel beau cuirassier ! Mais qu'est-ce qu'on me dit donc ? On raconte que ce gaillard-là veut partir pour le plaisir de partir ! Ce n'est pas à moi à lui donner des conseils ; mais, sapristi ! qu'il attende donc le tirage. S'il a un mauvais numéro, il partira pour son sort. S'il en attrape un bon, il pourra *remplacer* et empocher une belle petite somme de... hum ! enfin une belle petite somme, pour fricoter au régiment ! »

Sylvain regardait le marchand d'hommes d'un air ébahi. Quant au capitaine, il fronçait les sourcils, en regardant Sylvain avec une attention profonde.

Le marchand d'hommes, qui savait son métier, expliqua la combinaison par le menu. Quand Sylvain eut bien compris, il consulta du regard la figure du capitaine, où depuis si longtemps il avait l'habitude de lire son devoir. Mais le capitaine s'était mis à regarder d'un autre côté et sa figure avait à peu près autant d'expression qu'un cadran d'horloge sans aiguilles.

« Eh bien, dit Sylvain, j'aime mieux servir pour mon contentement et ne pas recevoir d'argent pour cela.

— C'est ce qu'on dit quand on ne sait pas la somme. Quinze cents francs ne se trouvent pas dans l'oreille d'une puce.

— Ça ne fait rien à l'affaire, quand on a son idée, répondit Sylvain.

— On irait jusqu'à dix-huit cents francs, ajouta le marchand d'hommes ; il s'agit d'une personne riche, dont le fils est de la même classe que vous. Eh bien, je suis sûr que ça vous tente un peu.

« Vous vous trompez, reprit Sylvain d'un ton ferme, cela ne me tente pas du tout. Le double ne me tenterait pas, j'ai mes idées là dessus.

— Drôles d'idées ! grommela le marchand d'hommes.

— Les idées d'un soldat qui ne tient pas à l'argent, s'écria le capitaine, sortant brusquement de son immobilité et lançant à Sylvain des regards de tendresse et d'orgueil. Thoreau ! vous êtes témoin que je ne lui ai pas soufflé sa réponse. Sylvain, mon garçon, je suis fier de toi. Je ne t'aurais rien dit si tu avais accepté ; mais cela m'aurait fait de la peine si tu t'étais vendu. »

Thoreau regardait d'un air rechigné par la fenêtre.

« Alors, c'est non ? demanda-t-il en désespoir de cause.

— Quatre mille fois non ! vociféra le capitaine.

— C'est trois mille neuf cent quatre-vingt-dix-neuf fois de trop ! grogna l'homme rougeaud. Cependant si vous vous ravisiez...

— Nous ne nous raviserons pas. »

Le cuirassier sourit silencieusement.

L'homme rouge s'en alla furieux.

Quand la Flabault apprit que le gars Sylvain avait refusé une fortune, elle blêmit d'épouvante et se laissa choir tout d'une pièce sur une escabelle.

« C'est une impiété ! » s'écria-t-elle aussitôt qu'elle eut recouvré la parole. Si elle eût été la plus forte, elle se fût donné la satisfaction de battre Sylvain comme plâtre. Mais il n'y fallait pas songer. Elle se soulagea du moins en lui appliquant l'épithète la plus infamante à ses yeux, celle de « mange-tout ! » Comme il ne faisait qu'en rire, elle lui prédit qu'il périrait sur l'échafaud.

« Halte-là ! s'écria le grand Bricaud, en assénant un formidable coup de poing sur la huche au pain ; halte-là, la vieille. Chacun est libre d'arranger ou de déranger ses affaires comme il l'entend, pourvu qu'il ne touche pas à celles des autres. Si j'ai un conseil à vous donner, c'est de ne pas répéter devant moi que c'est un mange-tout et qu'il périra sur l'échafaud. »

Le pauvre géant, terrassé, étala son bras gauche sur la huche et mit sa figure sur son bras. Il étouffait ses gémissements, mais aux saccades de ses larges épaules qui commençaient à se voûter, il était facile de voir qu'il sanglotait. La Flabault en fureur se précipita dans la cour avec la violence d'un tourbillon. Sylvain, debout devant la cheminée, regardait aller et venir les épaules de son père ; son âme était bouleversée ; il aurait voulu pleurer, cela lui aurait fait du bien ; mais les larmes ne viennent pas à notre commandement. Il aurait voulu trouver la bonne parole qui aurait adouci le chagrin de son père, mais il ne la trouvait pas. Et comment l'aurait-il trouvée, dans un chaos d'idées et de sentiments qu'il était incapable de débrouiller ?

Il sentait que son père l'aimait, surtout parce qu'il ressemblait à sa mère ; il le devinait à certains regards que son père attachait sur sa figure, par moments. Puis, le plus souvent, son père avait l'air de fuir sa présence. Et, de fait, il lui en voulait de raviver un souvenir trop cher et trop douloureux en même temps, un souvenir qu'il aurait voulu étouffer jusqu'au moment d'aller rejoindre celle qui avait été tout pour lui, et sans laquelle le monde entier ne lui était plus de rien. Rien ne pouvait distraire le grand Bricaud de ses sombres préoccupations. Quelquefois, dans les champs, il s'arrêtait de travailler, n'en pouvant plus. Volontiers il aurait montré le poing au ciel, avec une malédiction farouche. Mais la Marie n'aurait pas approuvé cela. Seulement, les deux mains sur le manche de sa marre, il regardait la terre et disait : « Ah ! mon bon Dieu ! que vous faites la vie dure au pauvre monde ! »

Si l'idée de la Marie ne l'avait pas soutenu, il aurait cédé à la tentation mauvaise de boire pour oublier, ou à la tentation plus terrible d'abréger le voyage. Il y avait là-bas, aux marais de Brenoux, un bourbier sans fond, qu'il connaissait bien. On n'avait qu'à s'asseoir sur le bord, on se laissait glisser, et on en avait fini avec les peines et les misères de cette vie.

Oui, mais l'autre vie ? Car il y croyait, lui, à l'autre vie. Il croyait fermement en Dieu, le grand Bricaud, et, sans être un profond théologien, il savait que Dieu, étant parfait, ne peut pas être injuste. Il savait aussi que les voies de Dieu ne sont pas les nôtres, et que, s'il nous a donné la vie, c'est pour la reprendre à son heure et non pas à la nôtre.

Voilà pourquoi le grand Bricaud ne s'était pas mis à boire, et pourquoi il n'allait jamais du côté des marais de Brenoux.

Devinant que son père aurait honte de le voir là, quand il relèverait la tête, Sylvain se dirigea doucement vers la porte et s'en alla dans les champs.

Il avait le cœur si « ennuyé » qu'il sentait le besoin de ne voir personne, pas même le capitaine. Il marcha longtemps par les chemins creux, par les dos de plaine, à travers landes, à travers bois, se disant et se redisant : « Il faut que je parte ; le plus tôt sera le meilleur. » Depuis des années, il était poussé à quitter Sivaud-le-Hameau par le désir d'être soldat ; maintenant à ce désir se joignait le sentiment d'une impérieuse nécessité, la nécessité de s'ôter de devant les yeux de son père.

Quand il revint après là brune, il s'en alla tout droit pousser la porte du château d'Austerlitz. Le capitaine causait dans l'obscurité avec une personne que Sylvain ne pouvait pas bien voir, parce qu'elle était assise au fond de la pièce.

Le capitaine reconnut Sylvain, dont la puissante carrure s'était détachée sur le fond clair du couchant.

« C'est toi, Sylvain, dit le capitaine ; tu arrives à propos pour apprendre quelque chose qui te fera plaisir. Nous n'avons plus besoin de nous casser la tête pour chercher un régiment de cuirassiers. Poffre est là ; tu ne peux pas bien le voir, mais il est là ; n'est-ce pas, Poffre, que vous êtes là ?

— Non ! je ne suis pas là, c'est mon

frère ! » répondit M. Poffre, qui devait être d'un tempérament facétieux.

Au seul son de sa voix, Sylvain aurait reconnu M. Poffre, qui exprimait sa pensée par une série de bêlements articulés.

Le capitaine ayant allumé un oribus pour faire honneur à la compagnie, ce faible luminaire tira de l'ombre la personne de M. Poffre. M. Poffre avait soixante ans, et on lui en eût bien donné soixante-quinze. M. Poffre était à peu près chauve et tout à fait imberbe, sauf quelques îlots de poils follets, qu'il conservait plutôt comme souvenir de sa jeunesse que comme parure de sa vieillesse. Comme il était confortablement assis à califourchon sur sa chaise, cette pose familière révélait dans toute son étendue une échine considérable quant à la longueur, et courbée en arc de cercle quant à la forme ; c'est ce que l'on appelait dans le pays « l'anse de pichet ».

En même temps que la personne de M. Poffre, l'oribus fit sortir de l'ombre une table de sapin, sur laquelle il y avait une bouteille de cassis et deux petits verres inégalement remplis de la liqueur aux reflets de pourpre. Le capitaine plaça un troisième verre à côté des deux autres, et le remplit à moitié.

Quiconque aurait voulu classer M. Poffre dans la hiérarchie sociale aurait été obligé de prendre une moyenne mathématique entre les différents métiers qu'il exerçait. M. Poffre, qui avait une belle écriture, servait d'auxiliaire au percepteur dans les moments de presse ; il lui servait aussi de porteur de contraintes. Entre temps, il rasait ses contemporains. Autrefois cet ambitieux de Poffre avait rêvé d'attirer à lui la clientèle des catéchumènes illettrés ; mais il avait été évincé par la femme de l'épicier, qui parlait plus fort que lui et qui articulait plus nettement. En revanche, comme l'écriture de l'épicière était toute gribouillée, Poffre avait attiré à lui toute la clientèle des gens qui avaient des comptes à faire ou à vérifier, et des lettres à écrire ou à déchiffrer.

Comme M. Poffre avait des relations très étendues, il était toujours au courant des nouvelles. Ayant appris la veille au soir, du percepteur qui revenait de faire son versement, une nouvelle qui intéressait son ami le capitaine, il était venu lui en faire part, profitant de l'occasion pour raser un ou deux clients à domicile et pour prévenir un retardataire que le percepteur avait l'œil sur lui.

Quand Sylvain vit son parrain lui verser du cassis au fond d'un verre, il en conclut qu'il devait se passer quelque chose de grave ; car le capitaine avait pour principe que les liqueurs ne valent pas grand'chose en général et sont « de la vraie poison » pour les enfants et pour les jeunes gens qui n'ont pas achevé leur croissance.

Quand les trois hommes eurent accompli en silence la cérémonie d'entre-choquer les verres, M. Poffre avala une gorgée, fit claquer sa langue et bêla les paroles suivantes : « Je suis venu annoncer à mon vieux Chêne une nouvelle qui fait joliment votre affaire à tous les deux. »

M. Poffre appelait le capitaine son vieux Chêne, parce qu'il avait le port d'un chêne, en dépit de ses soixante-dix-neuf ans. Pour n'être pas en reste de politesse avec M. Poffre, le vieux Chêne l'appelait familièrement son vieux Têtard, parce que la personne de M. Poffre offrait l'apparence de ces vieux saules têtards qui se courbent en deux, pour mirer plus facilement dans l'Hougue leur tête difforme, hérissée de jeunes branches.

« Ce qu'il dit là est vrai, ajouta le capitaine ; Sylvain, écoute bien ; va, vieux Têtard. »

Le vieux Têtard « alla » donc.

« Quoi qu'en dise ce vieux Chêne entêté, l'ancien gouvernement avait du bon. Il avait dit au préfet de Noirville : « Faites-moi donc remplacer vos marais par des prairies ; et, foi de gouvernement, aussitôt que vos prés produiront du vrai foin, je remplacerai votre régiment d'infanterie par un régiment de cavalerie. »

« Le foin est poussé, il faut le manger ; et pour le manger, le gouvernement envoie un régiment de cavalerie... un régiment de cuirassiers. On croirait qu'il s'est dit : « Voilà le capitaine Faret, un vieux de la vieille, que ça ennuie d'aller chercher un régiment de cuirassiers à tous les diables, pour y mettre son filleul ; eh bien, envoyons-lui un régiment de cuirassiers à sa porte. Cela lui fera plaisir, à cet homme ! »

En effet, trois semaines plus tard, le régiment de Sylvain, le 42° cuirassiers, le plus beau régiment de toute l'armée française, vint au-devant de Sylvain, jusqu'à Noirville, chef-lieu du département Noir, où il fit son entrée, musique en tête, au milieu d'un enthousiasme indescriptible.

Quinze jours après, Sylvain, fidèle au rendez-vous, fit dans Noirville une entrée plus modeste, parce qu'un cuirassier isolé produit moins d'effet qu'un régiment, surtout quand ce cuirassier n'est pas en uniforme. Il ne faut pas croire pourtant qu'elle passa inaperçue. Le capitaine, qui avait tenu à lui faire la conduite et à le présenter à ses chefs, avait arboré la croix au lieu du ruban, à la boutonnière de sa redingote. Et, en conformité des ordonnances qui règlent la matière, le capitaine, ou plutôt sa croix recevait les saluts des militaires au casque étincelant, et les sentinelles lui portaient les armes.

Comme M. Poffre avait tenu à montrer son zèle et sa capacité, les papiers de Sylvain étaient si bien en règle, qu'il fut admis, sans l'ombre d'une objection, à l'honneur de porter la cuirasse sous le numéro matricule 1532, à savourer le *rata* du gouvernement et à prodiguer ses soins à un grand cheval hypocrite, qui affectait des airs de douceur et de somnolence, mais dont l'idéal semblait être de démonter le numéro 1532 ; ce grand cheval hypocrite répondait au doux nom de Virgile.

Le capitaine resta deux jours à l'auberge, sous prétexte de présenter ses devoirs et de recommander son filleul aux autorités militaires, mais en réalité pour se donner le plaisir de voir Sylvain en tenue.

Le troisième jour, il remisa sa croix dans le vieil étui de chagrin noir où elle avait dormi en paix de si longues années, et dit adieu à Sylvain.

« Voilà, lui dit-il, vingt francs que je te

peu s'en faut, quand le capitaine lui avait parlé de Sylvain comme d'un soldat fini, et il s'était contenté de dire : « On le verra à l'œuvre. » Le capitaine, qui avait des fleurs sur sa cheminée et un violon sur son guéridon, lui avait répondu : « Mais, comment donc ! Soyez sûr qu'on le mettra au premier rang à la première bataille ; seulement on ne fait plus guère donner les cuirassiers ! » Le lieutenant n'avait rien dit du tout, et le sous-lieutenant, un échappé de Saint-Cyr, perverti par la lecture d'un tas de livres qu'on leur fait apprendre par cœur, pourquoi ? je me le demande, lui avait soutenu que l'empereur Napoléon Ier ne connaissait ses soldats ni de nom, ni de vue, mais qu'il se les faisait nommer et montrer par ses colonels, pour avoir l'air de les connaître.

C'ÉTAIENT LES PLUS BEAUX SOLDATS DE L'ARMÉE FRANÇAISE

donne pour payer ta bienvenue. Quand tu seras au bout, tu te divertiras à regarder les devantures des boutiques et à courir la campagne. Conduis-toi toujours en bon soldat : ça dit tout. Si tu as quelque chose à me communiquer, fais mettre ça sur un bout de papier par un camarade, et envoie le bout de papier à Poffre. Poffre me dira de quoi il retourne, quand il aura occasion de venir de nos côtés ou que j'irai à Sivaud-le-Bourg. Adieu. »

En s'en retournant, le capitaine eut des idées noires. Cela lui faisait quelque chose d'avoir perdu Sylvain : il découvrit qu'il aimait son filleul bien plus qu'il ne se l'était imaginé. C'était bête, mais c'était comme ça. Et puis, pendant son séjour à Noirville, il avait éprouvé plus d'une désillusion. Il avait trouvé le colonel un peu boutonné à l'endroit des mérites de *l'autre*, et, comme qui dirait, un peu ennuyé de ses effusions de vieux de la vieille. Le lieutenant-colonel lui avait paru un peu blanc de peau et un peu dodu pour un homme de guerre. Le chef d'escadrons avait eu envie de rire ou

Les quelques soldats que le capitaine avait arrêtés dans la rue, pour les faire parler, semblaient manquer d'enthousiasme pour le noble métier des armes.

Est-ce que l'esprit militaire s'en irait ? se demandait le capitaine, en arpentant le chemin vicinal qui mène de Sivaud-le-Bourg à Sivaud-le-Hameau, entre deux rangées de peupliers malingres.

Il en était là de ses réflexions, et ses réflexions l'avaient conduit sur une espèce de butte, d'où l'on voit une grande étendue de ce pauvre pays plat. Ses regards distraits s'arrêtèrent sur une ligne brillante qui étincelait, comme un fil d'argent, au grand soleil. Cette ligne brillante représentait la partie liquide des marais de Brenoux. De loin, c'était une eau comme une autre, mais de près c'était une eau croupie, corrompue, irisée de larges plaques qui avaient des reflets de bronze, et au milieu desquelles crevaient continuellement de grosses bulles d'air corrompu.

« Tout le mal vient de là ! » se dit le capitaine avec un gros soupir. Et puis, il essaya de réagir contre le découragement. « Les gens de Noirville, pensa-t-il, se sont bien débarrassés de leurs marais ; qui sait si dans sept ans nous ne serons pas débarrassés des nôtres ? »

N'importe ! il fut pendant trois jours entiers d'une humeur de dogue.

Le quatrième jour, de grand matin, un garçon de Sivaud-le-Bourg, qui venait chercher un charroi de bois pour le charron, dit au capitaine que M. Poffre avait à lui parler.

Le pauvre homme pensa tout de suite qu'il était question de Sylvain. Sylvain était malade, ou bien il s'ennuyait déjà au régiment. Diable ! diable ! diable !

Une heure plus tard, il ouvrait d'une main tremblante la porte vitrée de la boutique de M. Poffre.

« Eh bien, vieux Chêne, lui dit M. Poffre en voyant son air défait, il y a de bonnes nouvelles pour vous. » Alors il lui expliqua que l'empereur Napoléon III avait décidé de donner une médaille à tous les anciens qui avaient servi *l'autre*. Cela s'appellerait la médaille de Sainte-Hélène. Son nom était sur les registres ; il n'avait qu'à produire ses états de service.

« Enfoncé le sous-lieutenant ! s'écria le capitaine en s'épongeant le front, tant il était ému.

— Quel sous-lieutenant ? demanda M. Poffre en ouvrant ses yeux aussi grands qu'il pouvait les ouvrir.

— Eh pardi ! le sous-lieutenant du 42° cuirassiers. Attrape, blanc-bec ; ça t'apprendra à affronter les vieux grognards sur des choses que tu ne songeais pas tant seulement à venir au monde quand elles se sont passées. »

En s'en retournant chez lui, le cœur inondé de joie et gonflé d'espérance, le capitaine se reprocha tous les doutes qui l'avaient assailli entre les deux rangées de peupliers malingres. « Nom d'un chien, l'Empereur est revenu ! criait-il par moments, en faisant rouler d'innocents cailloux à grands coups de canne ; l'Empire ! la guerre, la gloire et tout le tremblement ! » Arrivé sur la butte, il fit la nique comme un gamin, aux marais de Brenoux.

Et Sylvain ?

Sylvain n'était pas malade. Malade, ennuyé, lui ! Jamais le 42° n'avait immatriculé un cuirassier aussi rose, aussi souriant, aussi avenant. Tout l'amusait dans la vie militaire, tout, jusqu'aux brimades, jusqu'aux sobriquets, jusqu'aux objurgations tonitruantes de l'adjudant Robinot, un gaillard qui n'y allait pas par quatre chemins pour dire aux gens ce qu'il pensait d'eux !

Son premier sobriquet lui fut décerné par un cuirassier profondément grêlé, qui était natif de Chaville en Seine-et-Oise. Considérant : 1° que le nommé Bricaud était rose, frais, naïf et *imbarbe* (il voulait évidem-

ment dire : imberbe) ; 2° qu'il était toujours à rincer, laver ou savonner quelque chose, le cuirassier grêlé l'avait surnommé « la Blanchisseuse ».

« Blanchisseuse toi-même ! » aurait riposté quelque cuirassier susceptible. Sylvain trouva que ce nom-là en valait bien un autre, du moment qu'on s'entendait sur la personne qu'il désignait. Aussi, toutes les fois que l'on criait : « La Blanchisseuse ! » il répondait : « Présente. » Ensuite on l'appela « Victoirine » (pour Victorine, sans doute), sans que personne pût savoir pourquoi.

« C'est Victoirine à présent ? Bien, très bien ! Quand vous me changerez encore de nom, tâchez de trouver aussi joli ! »

Quoiqu'il eût la passion du service et fût d'une ponctualité édifiante, l'adjudant Robinot trouvait bien moyen de « lui tomber dessus ».

La première fois qu'il s'avisa de malmener le cuirassier Bricaud « pour son bien », l'autre l'écouta avec une déférence si suave, que l'adjudant Robinot demeura court au milieu de sa philippique. C'était la première fois qu'il restait ainsi en affront.

« Et que ceci vous serve de leçon ! » s'écria-t-il quand il eut recouvré la parole. Sans qu'un muscle de sa face eût bougé, le cuirassier Bricaud donna à entendre que ceci lui servirait de leçon.

L'adjudant Robinot s'en alla dans sa chambre pour réfléchir à son aise. Est-ce que par hasard cet animal de Bricaud serait un fils de famille, venu au régiment tout exprès pour le narguer, lui, Robinot ? pour lui faire perdre la tête, à lui, Robinot ? pour le rendre ridicule, lui, Robinot, aux yeux de ses subordonnés ? Il se promit de surveiller de près le cuirassier Bricaud.

Mais le cuirassier Bricaud gagnait à être surveillé de près, bien loin d'y perdre.

Le cuirassier Bricaud ne pouvait pas être un fils de famille, vu qu'il ne savait ni lire ni écrire, et que cela ne l'humiliait pas, au contraire, et, s'il ne s'en vantait pas, c'est qu'il savait qu'il ne faut jamais s'en faire accroire. C'était, de tout le régiment, le cuirassier qui parlait la langue la plus incorrecte et la plus féconde en jurons de tout calibre. Et ce qui surprenait le plus l'adjudant Robinot, c'est que les jurons du cuirassier Bricaud ne partaient pas comme des fusées allumées au feu de la colère et de l'irritation, vu qu'il n'était jamais en colère et ne s'irritait jamais ; c'étaient comme des fleurs de couleur éclatante qui émaillaient le tissu de son langage ordinaire : le cuirassier Bricaud jurait tout naturellement, comme on parle.

Les premières découvertes de l'adjudant Robinot lui arrachèrent cette exclamation : « Quel drôle de pistolet ! »

Peu à peu il changea de note. Le cuirassier Bricaud ne « carottait » jamais, ne mentait jamais. Quand il disait oui, c'était oui ; quand il disait non, c'était non. Le cuirassier Bricaud aimait son métier ; il n'hésitait pas à le dire, lorsque quelque cuirassier moqueur le dénigrait et affectait d' « en avoir plein le dos ».

Quand l'adjudant Robinot eut mené à bonne fin sa longue et patiente enquête, il se dit : « C'est un drôle d'original, mais c'est un homme, et ce sera un fier soldat. »

Ils étaient deux au régiment qui avaient fait cette découverte, l'adjudant et le grand cheval hypocrite. A vrai dire, ce grand cheval était devenu hypocrite par la faute du cavalier qui l'avait monté avant Sylvain. Après avoir pris un plaisir sournois à désarçonner souvent le filleul du capitaine au moment où il s'y attendait le moins, le grand cheval s'aperçut à de certains signes qu'il avait changé de maître et qu'il n'avait pas perdu au change. Alors peu à peu il changea de caractère et se laissa mener à l'œil et au doigt.

Donc le grand cheval ne désarçonnait plus Sylvain, et l'adjudant ne le bousculait plus.

Le lieutenant, ayant vu que Sylvain avait belle prestance et qu'il était d'une propreté recherchée, songea à se l'attacher en qualité de brosseur ; ce fut l'adjudant Robinot qui servit d'intermédiaire.

« Eh bien, non, ça n'est pas dans mes idées ! répondit Sylvain sans la moindre hésitation ; j'aime mieux rester dans le rang !

— Tu es libre de ta volonté, lui dit l'adjudant Robinot ; mais alors explique-moi quelque chose que je ne comprends pas. Pourquoi t'es-tu engagé ?

— Mais, pour être soldat.

— J'entends ; mais, si tu refuses d'être brosseur, si tu tiens à rester dans le rang, c'est sans doute avec l'idée d'avancer ; alors pourquoi n'apprends-tu pas à lire et à écrire

— Parce que je ne pourrais pas. »

L'adjudant Robinot haussa les épaules. Après avoir regardé le cuirassier Bricaud dans le blanc des yeux, pendant plus d'une grande minute, il reprit :

« Tu as peut-être honte d'aller à l'école régimentaire ?

— C'est ça ; j'ai honte.

— Eh bien, alors, veux-tu que j'essaye de t'apprendre tes lettres ?

— Vous êtes un bon monsieur, dit Sylvain en saisissant la main de son supérieur et en la serrant de toutes ses forces, vous êtes un très bon monsieur, mais vous n'y arriveriez pas.

— On peut toujours essayer.

— Ce serait du temps perdu.

— Mais pour monter en grade, pour devenir officier...

— Officier, moi ! un *paour* comme moi (dans la langue du département Noir, un *paour* est un grossier paysan). Mais, mon lieutenant, vous n'y songez pas. De père en fils, les Bricaud ont été des *paours*, et ce serait joli de voir un *paour* avec des épaulettes.

— Mais, tête de mule, veux-tu me dire un peu quel est ton avenir ?

— Mon avenir ?

— Eh oui, nom d'un tonnerre, ton avenir ?

— Devenir un bon soldat, comme mon parrain, et me battre comme lui. Si je suis tué, mon avenir est tout fait. Si je suis blessé et qu'on me donne la croix, je me retire au pays avec ma petite pension, et le voilà, mon avenir.

— On ne se bat plus guère, maintenant.

— Eh bien, on se battra plus tard ! »

Il ne croyait pas si bien dire.

CHAPITRE VI

CE fut l'adjudant Robinot qui se chargea de correspondre au nom de Sylvain avec le capitaine, par l'intermédiaire de M. Poffre. Le capitaine, tous les six mois à peu près, apprenait avec satisfaction que Sylvain était très heureux au régiment. En réponse, le capitaine expédiait une petite somme à Sylvain, pour acheter du fil, des aiguilles et du tripoli.

L'adjudant Robinot n'aimait pas beaucoup ces échéances-là. Le fil, les aiguilles et le tripoli étaient à si bon marché, dans ce temps-là, qu'il restait au cuirassier Bricaud une petite somme rondelette.

Alors le cuirassier Bricaud, soit pour faire des politesses à ses amis, soit pour rendre des politesses reçues, se montrait dans des endroits où il n'aurait pas dû se montrer et se mettait dans des états où il n'aurait pas dû se mettre. Il se repentait amèrement le lendemain matin ; mais c'était plus fort que lui, il ne pouvait pas se sentir un sou en poche.

« Il lui faudrait quelque chose qui le retienne, se disait l'adjudant Robinot ; mais quoi ? Quand il est de service, le diable ne le ferait pas broncher d'une semelle ; mais hors de là, il faudrait qu'il n'eût jamais le sou... »

Quoique la distance entre Noirville et Sivaud-le-Hameau ne soit pas bien considérable, Sylvain n'était pas une seule fois retourné au pays. Le capitaine était d'avis que les permissions ne valent rien pour les jeunes soldats ; ça les amollit, ça écaille le vernis militaire qui n'est pas encore assez épais et assez résistant. Au bout de deux ans de garnison à Noirville, le 42ᵉ régiment de cuirassiers reçut l'ordre de se rendre à Versailles, où il remplacerait le 40ᵉ. Le 40ᵉ s'en allait à Limoges.

Avec l'approbation du capitaine, Sylvain demanda et obtint facilement une permission pour aller faire ses adieux à son père.

Il s'en allait grand train, le pauvre père Bricaud, et, en le quittant, Sylvain se dit qu'il ne le reverrait pas en ce monde.

Il ne fut donc pas surpris lorsque, quelques jours après son installation dans la caserne de la rue Royale, à Versailles, le vaguemestre lui remit une lettre bordée de noir.

Il porta sa lettre à l'adjudant Robinot, qui, profitant d'un moment de loisir, s'occupait à fumer sa pipe dans sa chambre.

Avant de dicter son épître, le capitaine l'avait longuement mûrie dans la solitude du château d'Austerlitz.

Voici donc ce que le capitaine avait trouvé à lui tout seul, et ce qu'il avait dicté à M. Poffre, en lui enjoignant de ne rien changer à ses paroles.

« Sylvain, j'ai l'avantage de t'annoncer que ton pauvre père est arrivé à sa dernière étape, dans la nuit de lundi à mardi. Nous y arriverons tous, les uns plus tôt, les autres plus tard. Mon idée est qu'il vivrait encore, s'il avait fait comme toi et comme moi, s'il avait quitté le pays pour entrer dans le militaire. D'abord il aurait eu l'avantage de ne pas être le voisin des sales marais de Brenoux, qui sont pour leur part dans son affaire ; que le diable les emporte ! Et puis il ne se serait pas marié, et il n'aurait pas eu ce gros chagrin de perdre sa femme, qui l'a comme assommé. Seulement, entre nous, j'ai peut-être tort de dire : il aurait dû faire ceci, il aurait dû faire cela. Car enfin, s'il avait agi selon mon idée et s'il ne s'était pas marié, je me demande où tu serais, toi, à l'heure qu'il est ! Il n'y a pas à dire, tu n'existerais pas, et je n'aurais pas un filleul qui est comme mon fils et qui me rend joliment fier sur mes vieux jours. Tout ça fait dans ma tête une mêlée et une fumée où je me perds. Aussi, moi, ton ancien, je te donne l'exemple de me faire tout petit devant le bon Dieu, qui en connaît plus que nous, et qui sait mieux que nous ce qui nous convient et ce qui ne nous convient pas. Ça ne veut pas dire que je te conseille de n'avoir point de chagrin de la mort de ton père : ce serait un vilain conseil à donner et à suivre. Pleure, mon garçon, si le cœur t'en dit ; mais songe que ton père a été toute sa vie un honnête homme, et qu'il a rejoint ta mère, au contentement de son cœur, et que tu les rejoindras, au contentement du tien, si tu es toujours ce que tu as été jusqu'ici, un honnête homme et un bon soldat. J'espère que je serai de la partie quand mon tour sera venu. C'est ça ce qui me console et ce qui doit te consoler aussi ; et, veux-tu que je te dise ? si on ne croyait pas ça, la vie serait trop bête.

« Comme tu es encore mineur pour six mois, il paraît qu'il faut que tu aies un tuteur. Quoique je n'entende rien à cette partie-là, ils m'ont tous dit que ce ne serait pas convenable de refuser, vu que je suis ton parrain. Mais Poffre est là pour s'occuper des affaires de la succession ; et à nous deux, nous te rendrons bon compte de ce qui te revient. Je m'arrête ici, parce que je n'ai plus rien à te dire. »

Sylvain sentit vivement la mort de son père. Mais le trantran de la vie le reprit au bout de quelque temps, et il redevint le cuirassier Bricaud, dit *Victorine*, qui n'engendrait jamais de mélancolie.

Sur ces entrefaites, l'adjudant Robinot, nommé sous-lieutenant à l'ancienneté, fut expédié dans un autre régiment qui tenait garnison loin de Versailles.

« Nous ne nous reverrons pas de longtemps, si nous nous revoyons jamais, dit-il au cuirassier Bricaud au moment des adieux ; j'emporte avec moi un souci que j'aimerais mieux ne pas emporter. Promets-moi de te défier de ton camarade Palaton ?

— A cause ?

— Palaton n'est pas un honnête homme.

— Je vous promets de me défier de lui. »

Et il se défia de lui. Mais voilà ! il n'avait pas promis de se défier du cuirassier Camuseur.

Très bon garçon, ce Camuseur. Gai comme un pinson, franc comme l'osier, régalant les amis quand il avait de l'argent, et se faisant régaler par eux quand il n'en avait pas.

Tant et si bien que l'allocation semestrielle soi-disant destinée à l'achat du fil, des aiguilles et du tripoli servit à régaler Camuseur. Et Camuseur fut si charmant, si drôle, si plein d'esprit, que le cuirassier Bricaud trouva qu'il en avait eu pour son argent et au delà.

Camuseur savait lire et écrire, et c'est en faisant la correspondance du cuirassier Bricaud qu'il découvrit le pot aux roses. En termes plus nobles, il apprit que, dans quelques mois, le camarade devenu majeur entrerait en possession de l'héritage paternel, représenté par une somme assez rondelette de 731 francs 75 centimes.

Malgré les conseils de M. Poffre, le tuteur de Sylvain, à qui cet argent brûlait les mains, et qui n'attendait que le moment de se débarrasser de cette lourde responsabilité pécuniaire, décida qu'il enverrait à son pupille la somme de 731 francs 75 centimes, le jour même où il aurait ses vingt et un ans.

De son côté, Sylvain hésitait à accepter la responsabilité d'une si grosse somme. Camuseur eut facilement raison de ses scrupules : « Tu placeras, lui dit-il, 700 francs à la caisse d'épargne et nous ferons une bonne petite partie à Saint-Germain, avec les 31 francs 75 centimes. Cela t'arrange-t-il ?

— Comme cela, ça m'arrange, » répondit Sylvain.

Il faut ajouter, à la décharge de ce drôle de corps de Camuseur, qu'il n'avait nulle idée d'induire son camarade en dépense, au delà des 31 francs 75 centimes !

Quand M. Poffre lut au capitaine la missive rédigée par Camuseur, le capitaine s'écria : « Sylvain est un brave garçon de m'ôter cette épine-là du pied. Mais, Têtard, pourquoi fais-tu cette lippe-là ? Est-ce que tu n'aurais pas confiance dans la caisse d'épargne ?

— Oh ! que si ! répondit le Têtard ; mais j'ai idée que cet argent-là n'ira pas dans les coffres de la caisse d'épargne.

— Relis la lettre : Sylvain dit-il, oui ou non, qu'il mettra son argent à la caisse d'épargne ?

— Il le dit ; mais à cet âge-là... au milieu de toutes les tentations d'une grande ville... une si grosse somme...

— Ecoute, Têtard, ne me parle ni d'âge, ni de tentations, ni de grosse somme. Syl-. vain aurait quinze ans, les tentations seraient trente-six millions de fois plus fortes, et la somme trente-six millions de fois plus considérable, que je n'aurais pas ça d'inquiétude. Il dit qu'il la mettra à la caisse d'épargne, et je donnerais mon cou à couper qu'il la mettra. Es-tu content ?

— Non, je ne suis pas content. Il dit qu'il la mettra, c'est très bien, mais il ne dit pas qu'il ne la retirera pas.

— Eh bien, quand il la retirerait ! N'est-ce pas son argent à lui ? Il est bien libre, après tout, ce garçon, d'en faire des choux et des raves.

— Il ferait mieux de s'en faire des rentes, répondit M. Poffre d'un ton sec.

— Des rentes, Poffre ? Un soldat n'a pas besoin de rentes tant qu'il est au service, et d'ailleurs, je te répète ce que je t'ai déjà dit cent fois : il héritera de mon petit avoir. »

Quand son héritage lui fut remis, Sylvain porta sans retard les 700 francs à la caisse d'épargne, et mit les 31 francs 75 centimes à part, en vue de la partie de Saint-Germain.

Mais il se trouva qu'un chasseur à cheval, de la garnison de Saint-Germain, ami et compatriote de Camuseur, écrivit à son ami qu'il viendrait le voir le jour des grandes eaux. C'était précisément celui que les deux cuirassiers avaient choisi pour leur petite expédition. Ils prirent leur parti en braves, et il fut décidé que ce ne serait pas Versailles qui irait déjeuner à Saint-Germain, mais Saint-Germain qui viendrait déjeuner à Versailles.

Comme il était possible que le chasseur de Saint-Germain amenât un autre chasseur, peut-être deux autres chasseurs, car sa lettre était toute gribouillée à ce passage-là, Camuseur dit à Sylvain :

« Vieux, c'est bisquant : cela va faire pas mal de frais, et je ne suis pas en fonds.

— J'y suis, moi, répondit Sylvain, et ça revient au même. »

Le samedi soir, les deux héros prévoyants s'en allèrent à la *Renommée des Cochons de lait*, rue du Vieux-Versailles, d'abord pour être sûrs d'avoir des places, car on se bouscule un peu dans les gargotes les jours de grandes eaux, ensuite pour arrêter le menu et fixer le prix. La *Renommée des Cochons de lait* se montra très raisonnable. Elle placerait ces messieurs dans la petite salle du premier, où ils déjeuneraient seuls, et ils en seraient quittes à raison de trois francs par tête, tout compris.

Le grand jour est arrivé, les chasseurs de Saint-Germain aussi, car ils sont quatre au lieu d'un. Camuseur regarde Sylvain en levant les sourcils, comme pour lui dire : « Je ne comptais pas sur ceux-là ! » Et Sylvain lui répond par un signe de tête, qui veut dire clairement : « Plus on est de fous, plus on rit. »

Il n'était encore que neuf heures et le festin devait commencer à midi. Camuseur emmena les quatre chasseurs à Trianon, pour tuer le temps et pour leur ouvrir l'appétit. Sylvain les laissa aller seuls, parce qu'il avait une course à faire à Montreuil. On se sépara en échangeant force poignées de mains, et il fut convenu qu'on n'attendrait personne et que le premier coup de fourchette serait donné à midi précis.

CHAPITRE VII

S YLVAIN revenait de Montreuil au petit pas, avec un dandinement des hanches qui lui allait très bien. Quand il arriva rue Saint-Pierre, les badauds, que les trains versaient de demi-heure en demi-heure sur le pavé de Versailles, s'arrêtaient dans leur course affolée pour regarder de tous leurs yeux ce simple soldat qui avait l'air d'un officier. Avenue de la Mairie, les arrivants de la rive gauche lui firent une sorte d'ovation silencieuse ; les hommes s'entre-regardaient, les femmes hochaient la tête en signe d'approbation, les petits enfants lui souriaient.

Ayant levé les yeux sur le cadran de la gare, il se dit que dans cinq minutes il serait assis devant une belle gibelotte de lapin toute fumante (ce n'était pas la saison des cochons de lait).

Comme il venait de franchir l'angle formé par la rue de Satory et la rue du Vieux-Versailles, un torrent impétueux, une vraie trombe d'eau jaillit d'une misérable petite boutique de marchand de charbon au détail, inonda le trottoir et rebondit jusqu'à la moitié de la chaussée. Ce déluge partiel avait été accompagné, ou plutôt précédé du bruit sourd d'une chute, d'un gémissement étouffé et d'un tintamarre de seaux.

Le cuirassier Bricaud se rejeta vivement en arrière, lança, pour exprimer sa surprise et son indignation, deux jurons sonores et une épithète haute en couleur à l'adresse du maladroit invisible qui avait failli ternir l'éclat de ses bottes et contaminer la pourpre de son pantalon.

Le torrent s'était écoulé avec la rapidité de l'éclair, et le passage semblait sûr. Mais le rusé cuirassier, remisant ses deux jambes à l'abri du chambranle de la porte, avança prudemment son buste et risqua un coup d'œil dans la noire boutique.

Un seau vide, l'ouverture tournée du côté de la rue, achevait de s'égoutter. Une masse noire et informe gisait sur le sol, derrière le seau. Aussitôt que ses yeux se furent habitués à l'obscurité du lieu, il reconnut que cette masse noire était un charbonnier, minable d'apparence, autant qu'un charbonnier-porteur d'eau peut l'être. Le pauvre diable gisait sur la face, les bras étendus, les deux mains à plat sur le sol, les jambes repliées comme celles d'un homme agenouillé qui n'a pas eu la force de se relever. Il avait encore autour des épaules la bricole traditionnelle du porteur d'eau ; cette bricole aboutissait d'un côté au seau vide qui s'en était détaché dans la chute, et de l'autre à un seau plein qui était resté debout, par un heureux hasard. Au lieu de passer outre comme un égoïste ou de perdre un temps précieux à philosopher sur les effets et sur les causes, Sylvain se précipita dans la boutique.

« Hé bien ! mon pauvre homme, » dit doucement le cuirassier en soulevant le pauvre homme dans ses bras robustes et en l'asseyant le dos à la muraille. Le charbonnier ne donnait pas signe de vie, et sa tête inerte se pencha sur son épaule gauche. Sur la pauvre figure, plus noire que celle d'un ramoneur, les lèvres seules et les paupières fermées faisaient des taches claires ; les sourcils étaient froncés et les joues creuses comme celles d'un homme qui souffre habituellement de la faim. Le cœur de Sylvain bondit dans sa poitrine, des larmes lui vinrent aux yeux, il s'agenouilla, ouvrit le gilet du malheureux avec une douceur de toucher presque féminine, et posa sa main droite sur la pauvre poitrine osseuse, à l'endroit du cœur. Le cœur battait faible-

ment, mais enfin il battait. Sylvain respira plus librement.

« Holà ! hé ! quelqu'un ! » cria-t-il.

Un rire de petit enfant répondit à cet appel ; Sylvain aperçut un marmouset d'un an (garçon ou fille ?) vautré sur un petit tas de sciure de bois. Ni la chute du porteur d'eau, ni l'entrée de Sylvain n'avaient troublé son somme. Mais la voix de stentor du cuirassier l'avait éveillé net.

Le plumet rouge, le casque étincelant lui avaient paru sans doute une vision féerique dans l'horreur de ce trou obscur, et voilà pourquoi il avait ri.

« Pauvre vermine ! » lui dit le beau Sylvain, dont le bon cœur s'était serré de pitié. Il va falloir que je crie fort pour faire venir quelqu'un ; ne prends pas peur. Oh, là ! eh ! quelqu'un par ici ! » Le marmouset tressauta et eut bien bonne envie de pousser les hauts cris ; mais, comme Sylvain lui adressa des signes de tête, et que le plumet tressaillait, et que le casque brillait, et que la crinière ondoyait, sa terreur d'un instant se transforma en une allégresse bruyante.

Une porte s'ouvrit dans l'espèce de chenil qui servait d'arrière-boutique. Un petit garçon de sept ans apparut, tout ahuri. Dès qu'il vit son père adossé au mur, tout pâle, semblable à un mort, il se mit à pousser des cris perçants.

« Tu japperas une autre fois. Ton père n'est pas mort, il n'est qu'évanoui ; montre-moi son lit que je le mette dessus, il y sera mieux que par terre.

— Par ici, » répondit le petit garçon d'un ton humble et soumis.

Sylvain prit l'homme dans ses bras.

« Voilà son lit, » dit le petit garçon, en désignant du doigt un grabat malpropre, qui ne méritait guère le nom de lit.

Sylvain y déposa doucement son fardeau et arrangea la tête de l'homme sur le misérable oreiller, avec des précautions infinies. Le petit garçon se haussa sur la pointe des pieds, regarda son père sans rien dire, et tout à coup, avec une sorte d'emportement farouche, lui couvrit la figure de baisers passionnés.

« Tu aimes ton père ? lui demanda Sylvain.

— Oui, répondit brusquement le petit garçon.

— Très bien. Tu vas rester près de lui pendant que j'irai chercher un médecin. Tu m'entends bien ? Tu veilleras à ce que ton petit frère ne se sauve pas dans la rue.

— C'est une petite sœur ; elle ne marche pas encore.

— Sais-tu où il y a un médecin, près d'ici »

Le petit garçon fit signe qu'il ne savait pas.

« J'en trouverais bien un, » reprit Sylvain. Et il s'élança dans la rue.

Comme il cherchait du regard quelqu'un auprès de qui se renseigner, il vit venir, du côté de la rue de Satory, un vétérinaire de son régiment.

L'homme de science marchait à petits pas, et, comme on dit, le nez en terre, préoccupé de quelques cas graves, qui semblaient présager une épidémie parmi les chevaux du 42°.

« Pardon, excuse, major, dit Sylvain, de vous entreprendre comme ça en pleine rue, mais il y a là un homme qui se meurt !

— Un militaire ? demanda laconiquement le vétérinaire.

— Non, major, un pauvre diable de civil.

— Allons-y. »

Le charbonnier avait un peu repris connaissance ; mais, malgré l'étouffante cha-

— Non, major, je suis entré par hasard, en passant.

— N'importe. Ce n'est pas le tout de faire une ordonnance et de dire aux gens : « Vous prendrez ceci et cela. » C'est la misère noire ici, et si vous voulez bien vous charger de... »

Il fit le geste de chercher son porte-monnaie.

« Non, non, dit vivement Sylvain, ne faites pas ça ; j'ai de l'argent, beaucoup d'argent... »

« Y a-t-il une bassinoire chez vous ? demanda Sylvain au petit garçon, après le départ du vétérinaire.

— Non, monsieur. »

Une bonne femme, toute ridée, coiffée d'une fanchon, ouvrit en ce moment la porte

LE CUIRASSIER BRICAUD SE JETA VIVEMENT EN ARRIÈRE

leur de juillet, il grelottait de tous ses membres.

« Ce n'est pas grave, dit le vétérinaire, après l'avoir examiné quelques instants en silence. Une syncope déterminée par l'épuisement. Cet homme meurt de faim ! »

Sylvain fit un pas en arrière comme s'il avait reçu un coup en pleine poitrine, en songeant qu'un homme mourait de faim à cinq portes de l'endroit où il allait s'empiffrer de gibelotte et d'un tas de bonnes choses. Il regarda à la dérobée la figure décharnée du jeune garçon de sept ans, et il se dit en lui-même : « Je me dégoûte ; je n'ai plus faim.

— Il faut bassiner le lit, reprit le vétérinaire.

— Oui, major, répondit Sylvain d'un ton grave.

— On lui fera prendre, à petites doses, du bouillon bien chaud.

— Oui, major.

— Est-ce que..., dit le vétérinaire en faisant signe à Sylvain de le suivre dans la boutique, est-ce que ce pauvre diable est votre parent ?

de la cour et s'arrêta toute penaude, appuyée sur son bâton, en voyant un beau cuirassier dans le taudis du charbonnier.

« Entrez, ma bonne mère, lui dit Sylvain d'un ton engageant.

— Hélas, le pauvre homme ! dit-elle en voyant son voisin sur le flanc.

— Nous le tirerons de là, si vous voulez bien m'y aider, » lui dit Sylvain. Et il lui expliqua en deux mots ce qui était arrivé.

« Hélas ! hélas ! reprit-elle, une bassinoire, du bouillon, et puis de la bonne viande après ; et deux doigts de vin !

— Ecoutez, lui dit Sylvain, je me charge de la bassinoire. Allez dire qu'on apporte du bouillon ; voilà une pièce de vingt sous.

— C'est trop, objecta la bonne femme.

— Commandez, pendant que vous y serez, un bon bol de lait pour cette petite fille qui jase toute seule dans la boutique et qui doit avoir grand'faim. Toi, ajouta-t-il en se tournant vers le petit garçon, sais-tu allumer le feu ?

— Oui, monsieur.

— Allume un bon feu, que je trouve en revenant de la braise pour mettre dans la bassinoire. Allez, ma bonne mère ; honneur-z-aux dames, je passerai après vous. »

La « dame » prit à main droite, en clopinant ; le cuirassier prit à gauche en arpentant le trottoir à grandes enjambées. Ses convives qui le guettaient, groupés à la fenêtre du premier étage de la *Renommée des Cochons de lait*, poussèrent des hourras en le voyant accourir de loin. Comme il était en retard de vingt bonnes minutes, et que les chasseurs avaient énergiquement refusé de se mettre à table avant l'arrivée de l'amphitryon, les estomacs criaient famine. Camuseur persuada à son ami et aux amis de son ami d'attaquer le lapin en l'attendant : il serait là dans quinze secondes, montre en main.

Quant au petit garçon du charbonnier, il alluma de la braise dans la cheminée et souffla ferme, stimulé par l'espoir de manger quelque chose.

Ce fut la bonne femme qui rentra la première ; elle portait un bol dans chaque main, l'un rempli de lait et l'autre de bouillon.

Elle commença par faire avaler quelques gorgées de bouillon chaud au malade, qui était retombé dans un état de demi-insensibilité. Elle se disposait à consoler la petite fille, qui pleurait de faim, mais elle se ravisa. Elle pensa que le cuirassier aimerait à voir de ses yeux la joie et les transports de la « pauvre vermine ».

La veille, en venant commander le dîner avec Camuseur, Sylvain avait remarqué une bassinoire à l'étalage d'un brocanteur, dix portes plus loin que la *Renommée des Cochons de lait*. C'est là qu'il courut en sortant de chez le charbonnier. La bassinoire était toujours en montre ; mais le rusé brocanteur, flairant une bonne affaire, en produisit une seconde plus brillante, plus grande et aussi plus chère. Sylvain, qui ne faisait jamais les choses à demi, se figura que la grande bassinoire ferait à son malade beaucoup plus de bien que la petite. Une fois en possession de l'objet, il le mit sur son épaule gauche, en guise de mousqueton, et détala d'un bon pas, sans se soucier le moins du monde des épigrammes qu'on lui lançait et de l'ahurissement qu'il causait.

Cependant ses convives, étonnés de ne point le voir monter, s'étaient remis à la fenêtre, sauf Camuseur qui ne lâchait pas prise si facilement. Le cuirassier Bricaud allait dépasser la *Renommée des Cochons de lait*, lorsque les chasseurs, qui ne se rappelaient pas son nom, l'interpellèrent en criant à tue-tête : « Eh ! Chose ! Eh ! Bassinoire, tu te trompes de porte ! »

Il aurait volontiers fait la sourde oreille, mais la marmaille lui cria : « Eh ! Bassinoire, tu n'entends donc pas tes amis qui t'appellent ? »

Ne voulant pas causer une émeute et se souvenant d'ailleurs tout à coup qu'en sa qualité d'amphitryon il devait s'excuser auprès de ses convives, il s'arrêta court, leva la tête et dit : « Chiquez, chiquez la légume, les enfants, et ne m'attendez pas. J'ai affaire. Au revoir ! »

Les chasseurs retirèrent leurs têtes de la fenêtre ; Camuseur, à qui ils expliquèrent ce qui se passait, flûta tranquillement un bon verre de vin pour s'éclaircir la voix et dit : « Ça doit être un pari ! » Cette explication satisfit tout le monde et l'on attendit Bassinoire sans aucune impatience.

Car désormais le cuirassier Bricaud ne s'appellerait plus *Victoirine*, il répondrait au nom de *Bassinoire :* les acclamations de la rue et les suffrages de ses pairs en avaient décidé ainsi.

« Tout ça de braise ! » dit-il d'un air scandalisé, en comparant la capacité de la bassinoire avec l'exiguïté du tas de braise. Alors, prenant des pincettes, il augmenta le monceau avec une libéralité qui touchait à la prodigalité.

Le petit garçon le laissa faire sans rien dire ; mais, aussitôt qu'il eut le dos tourné, il prit les pincettes à son tour et retira les morceaux qu'il jugeait superflus.

« Polisson. Pourquoi fais-tu cela ?

— Papa dit qu'il faut ménager la marchandise, répondit le petit garçon d'un air embarrassé.

— Tu es un bon petit homme ; mais, n'aie pas peur, la marchandise que je brûlerai, je la payerai. »

Il allait ajouter quelque chose tout en manœuvrant les pincettes avec énergie, mais la vue de la « pauvre petite vermine » aux prises avec le bol de lait lui coupa la parole.

« La voilà contente pour un bon bout de temps, dit la vieille femme, qui l'avait prise sur ses genoux pour la faire boire.

— Et toi, dit Sylvain au petit garçon, qu'est-ce que tu aimerais à manger ? »

Le petit homme regarda la vieille femme en dessous comme pour la prier de l'aider à démarrer.

La vieille femme, qu'il avait probablement mise dans la confidence de ses goûts, dit à Sylvain : « Ce qui lui ferait fête, ce seraient des couennes. »

On appelle couennes, en termes de charcuterie, une substance gélatineuse et tremblante, de couleur fauve, demi-transparente et demi-opaque, où sont noyées les rognures de couennes dont on ne sait que faire. On moule cette substance, qui prend la forme, mais non la consistance du fromage d'Italie, et on la débite par tranches aux amateurs.

« Pour combien lui en faut-il ?

— Pour trois sous il fera un festin.

— Bon ; et puis y a-t-il du pain dans la maison ? » Cette question s'adressait à l'amateur de couennes.

« Non, monsieur, il n'y en a plus une miette depuis hier soir.

— Comme c'est grandes eaux et réjouissances publiques, reprit Sylvain, j'ai idée qu'une miche de pain blanc... Une miche de deux livres, ce sera-t-il assez ?

— Il y en aura de reste pour demain. »

Sylvain se mit à compter dans la paume du petit garçon la valeur représentative, en monnaie de billon, de la miche de deux livres et de la tranche de couennes.

« Lève le pied, dit-il, et débarrasse-nous le plancher ; et maintenant, ma bonne mère, à nous deux ! »

On administra au malade quelques gorgées de bouillon pour lui donner de la force. Alors Sylvain l'enleva dans ses bras et le posa sur une chaise, dans un angle du mur.

Ensuite la vieille femme retapa le grabat et le bassina à fond, pendant que Sylvain déshabillait le malade, qui se laissait faire en roulant des yeux hagards et en claquant des dents. Elle ouvrit les draps et il le coucha. La figure du charbonnier prit une expression de béatitude. Puis, pour le récompenser d'avoir été bien sage et de s'être couché bien gentiment, on lui administra encore quelques gorgées de bouillon. Il sourit faiblement, pour remercier, et s'endormit comme un enfant.

Le petit garçon rentra avec les provisions ; il avait couru, mais, si pressé qu'il fût de manger, il ne déposa pas les bonnes choses sur la table avant d'avoir été regarder son père. Après quoi il mit prestement la nappe, c'est-à-dire qu'il étala sur la table le papier où l'on avait enveloppé les couennes.

La bonne femme lui coupa un beau croûton et lui dit: « Travaille ! »

Il travailla sans se faire prier. Sylvain en souriait d'aise.

« Vous qui faites si bien déjeuner les autres, dit la vieille femme, je parie que vous êtes à jeun ; à quelle heure déjeunez-vous donc ?

— Entre midi et une heure.

— Eh bien, mon garçon, m'est avis qu'il est plus près d'une heure que de midi. Allez vite déjeuner. »

Lui qui d'ordinaire se vantait de son appétit avec le naïf orgueil des gens bien portants qui ont la conscience tranquille, il était humilié d'avoir faim ce jour-là ; plus humilié encore de sentir qu'à l'aiguillon de la faim s'ajoutait l'impulsion de la gourmandise. Il avait beau faire, il était obsédé par la vision des bonnes choses de là-bas, et l'eau lui en venait à la bouche.

CHAPITRE VIII

DANS l'état d'esprit où Sylvain se trouvait, pour la première fois de sa vie, que n'aurait-il pas donné pour être fort, maître de lui-même, pour s'abstenir (au moins ce jour-là), de ce qui lui paraissait comme une profanation du pain, du vin et de la chair (de lapin), ces dons de Dieu ? Mais il sentait que, par respect humain et par gourmandise, il manquerait de cette force-là. Etait-ce assez « bisquant ! »

A la fin pourtant il fallut partir. Sylvain partit donc, sans entrain et sans enthousiasme. Comme il traversait la misérable boutique, ses regards tombèrent sur la « pauvre petite vermine ». Elle dormait, les quatre fers en l'air, sur la sciure de bois, du bon sommeil des petits animaux repus à leurs souhaits.

La vue de ce bonheur naïf réjouit le cœur du cuirassier Bricaud, et il s'éloigna un peu moins mécontent de lui-même.

Quand il franchit le seuil de la *Renommée des Cochons de lait*, l'établissement était envahi jusque dans les moindres recoins ; l'inondation des consommateurs avait débordé jusque dans la cour, et, par la porte grande ouverte, Sylvain aperçut toute une société qui festinait, au grand soleil, en rond autour de la margelle du puits. Les bonnes de la maison, fortifiées d'un escadron volant de bonnes auxiliaires, ne savaient plus auquel entendre. La maîtresse de la maison, la veuve Carminaz, une robuste Savoisienne, parlementait avec un petit bourgeois de Paris, qui se prétendait victime d'un coup monté, attendu que les bonnes lui promettaient toujours quelque chose et ne lui apportaient jamais rien. « Est-ce qu'on se moquait du monde ? Est-ce qu'on prétendait le faire déjeuner, lui, sa dame et ses enfants, avec du pain sec et de la moutarde ?

— Athénaïs, cria Mme Carminaz, venez écouter les réclamations de Monsieur, et voyez voir à le servir tout de suite. »

Une grande fille sèche et noire, qui portait quatre bouteilles, une sous chaque bras, et une dans chaque main, vint se placer près du monsieur exaspéré, pendant que Mme Carminaz se dirigeait vers la porte. Debout sur le seuil, suffoqué par les vapeurs de la mangeaille et les émanations du vin bleu et des spiritueux, ahuri par le vacarme des conversations et des récriminations, Sylvain se demandait comment il atteindrait la première marche de l'escalier sans bousculer personne.

« Ces messieurs étaient bien en peine de vous, monsieur Bricaud, » dit Mme Carminaz, avec un aimable enjouement.

Le cuirassier Bricaud s'inquiéta de la réception qui l'attendait au premier.

Il avait bien tort de s'inquiéter. Comment ? Quoi ? Il voulait s'excuser ? Elle était bien bonne, celle-là, par exemple !

Un homme tombe ; il faut bien que quelqu'un le relève ; on ferait cela pour un cheval de fiacre.

Cet homme n'a pas de famille pour le mettre au lit ; il faut bien que quelqu'un s'en charge. Un simple civil l'aurait fait ; à plus forte raison un militaire.

Il lui faut une bassinoire, à cet homme. La bassinoire ne viendra pas le trouver, n'est-ce pas ? Eh bien alors ?

Chacun des assistants déclara donc que lui, personnellement, se serait tenu pour déshonoré, si en pareille circonstance il n'avait pas agi exactement comme l'ami Bricaud. Alors les remords de Sylvain s'amoindrirent à vue d'œil. En doublant les étapes, il eut bien vite rattrapé le corps d'armée, qui en était au café et aux liqueurs. Seulement, comme il s'était surveillé avec un soin extrême sur le chapitre des liquides, le déjeuner l'avait rendu simplement un peu plus expansif, tandis que l'ami Camuseur était tombé dans un état comateux et avait l'air d'un stoïcien plein de morgue et d'impassibilité : deux des chasseurs donnaient dans le sentiment, et les deux autres dans la férocité à outrance, en paroles, bien entendu.

Au moment de faire rafle sur les biscuits et autres friandises au bénéfice de ses protégés, Sylvain fut saisi d'un scrupule.

« Madame Carminaz, dit-il au moment où cette puissante matrone vint lui servir le café, vous savez que nous avons fait prix hier à trois francs cinquante par personne, tout compris.

— Parfaitement, répondit Mme Carminaz.

— Ai-je le droit d'emporter cette bouteille cachetée pour mon malade ? »

Il disait *mon* malade, parce que Mme Carminaz savait qu'il avait un malade. Dans ses allées et venues elle avait entendu une partie de l'histoire, et les autres guerriers avaient comblé les lacunes avec une grande profusion de détails.

« Mais certainement, répondit Mme Carminaz.

— Et puis-je prendre aussi ce qui reste du dessert, pour les enfants de ce pauvre homme, de tout petits enfants ? ajouta-t-il à demi-voix.

— Ecoutez, monsieur Bricaud, c'est une belle charité que vous faites là. Vous me permettrez bien d'y joindre quelques petites choses.

— Madame Carminaz, madame Carminaz ! balbutia Sylvain tout ému, vous êtes une brave femme. »

« De pauvres petits enfants ! » répéta Mme Carminaz. « De pauvres petits enfants ! »

Camuseur mit gravement un bouchon de carafe dans sa poche et dit d'un ton sévère : « Bassinoire, tu ne nous avais pas dit qu'il y avait des enfants dans... dans cette chose-là ? »

Sylvain un peu effrayé se disposait à répondre de manière à ne pas trahir l'intérêt qu'il portait aux petits charbonniers. Mais Camuseur lui épargna la peine d'inventer une réponse qui fût vraie sans laisser deviner toute la vérité. « Combien ? » ajouta-t-il aussitôt ; et, sans attendre la réponse à cette seconde question, il regarda de près avec stupeur le bouchon de carafe qu'il venait de repêcher dans sa poche, en cherchant sa boîte d'allumettes.

Camuseur ne poussa pas l'enquête plus loin, mais le chasseur Bourdon reprit l'interrogatoire pour son compte. « Combien ? » répéta-t-il.

— Deux, répondit Sylvain, une petite fille d'un an et un petit garçon de sept.

— C'est bien jeune, fit observer le chasseur Spinoza.

— N'est-ce pas ? reprit Sylvain. Ça crève le cœur de penser que, par un si beau temps, un jour de grande fête, ils sont là dans ce taudis.

— Bourdon ! s'écria Spinoza, il faut les mener voir les grandes eaux.

— C'est ça, Spinoza », répondit Bourdon.

Sylvain leur expliqua doucement que les deux « pauvres vermines » n'étaient pas à prendre avec des pincettes, et que leur présence dans un endroit où tout le monde était en habits du dimanche pourrait exciter des rires, des huées ; les gardiens viendraient, et il y aurait du scandale.

Bourdon et Spinoza se rendirent à ses raisons ; mais Hommededieu, l'un des deux chasseurs féroces, mit sa férocité et celle de son camarade Roux au service de l'enfance opprimée. Ils étaient libres d'amener au Parc qui ils voulaient ! Ils gifleraient le premier qui se permettrait de rire ! Quant à lui, s'il fallait dégainer, il dégainerait ! Roux déclara que « lui de même ! »

« Gifler qui ? Dégainer contre qui ? dit Sylvain d'une voix ferme. Les gardiens sont des militaires et des militaires gradés. Alors, quoi ? le conseil de guerre !

— Il a raison, murmura Hommededieu, dont le seul mot de conseil de guerre avait dompté la férocité.

— Il a raison, répétèrent les trois autres.

— Alors, s'il a raison... pourquoi... pourquoi l'appelez-vous Bassinoire ? »

Cette accusation inique et sans fondement avait été formulée d'un ton morne par l'ami Camuseur.

Bourdon et Spinoza se contentèrent de sourire en clignant des yeux ; malgré leur extrême férocité, Hommededieu et Roux ne tardèrent pas à en faire autant. Ces redoutables guerriers devinaient, ou savaient peut-être par expérience, que, les jours où la digestion est particulièrement laborieuse, les idées dans le cerveau ne s'enchaînent pas selon les règles de la logique.

Le cuirassier Bricaud rougit au lieu de sourire. Sa conscience, qui était décidément bien tracassière ce jour-là, lui avait dit à l'oreille : « Voilà comme tu as été plus d'une fois, l'ami, et comme tu seras peut-être plus d'une fois encore, car il ne faut jurer de rien, et je te connais. Regarde et réfléchis une fois dans ta vie. Une pièce de trois francs cinquante, c'est comme la boîte de l'escamoteur ; on en fait sortir à volonté ce que tu as là sous les yeux, sans compter le mal de tête du lendemain, les idées noires et la honte qu'on a de soi-même, ou bien des bols de lait, du pain, des couennes, de quoi empêcher des pauvres diables de maudire le jour où ils sont nés. Ah ! »

— Ça achèvera de le guérir.

— Et puis, voilà quelque chose pour les enfants : des petites douceurs pour les consoler de ne pas aller au Parc.

— Ah ! les pauvres petits, ils n'y songent guère. D'abord la petite ne sait pas seulement ce que c'est, à son âge. Et puis Rémy sait bien que les fêtes ne sont pas pour les petits malheureux de son espèce. Il se bat contre la misère, voilà ce qu'il fait. Et savez-vous ? eh bien, c'est commencer cette bataille-là trop jeune.

— Mais, objecta Sylvain, qui n'entendait rien aux métaphores, qu'est-ce que c'est que ça que se battre contre la misère ?

— Sans vous commander, mon garçon, levez-vous, et, d'où vous êtes, regardez par la fenêtre. »

Mme Carminaz apparut en ce moment, portant un sac de papier bleu bien rebondi et soigneusement ficelé, avec la bouteille de vin cacheté, roulée dans un vieux numéro du *Libéral de Seine-et-Oise*. Sylvain enfila ses gants, mit la bouteille sous son bras gauche, passa l'index de sa main gauche dans le cordonnet du sac, et descendit avec précaution les marches inégales du petit escalier tortueux.

En quarante enjambées le beau cuirassier fut à la porte du charbonnier. La « pauvre vermine » était assise sur son tas de sciure de bois, suçant avec énergie un morceau de pain blanc. Sylvain lui sourit sans s'arrêter et courut au plus pressé. Le malade dormait d'un bon sommeil. La vieille femme dormait aussi, assise sur une chaise, les deux poings sur le bec corbin de son bâton et le menton sur les poings. Le sommeil de la vieillesse est si léger, qu'elle ouvrit les yeux à l'entrée de Sylvain.

« Eh bien ? lui demanda Sylvain à voix basse.

— Eh bien, il va mieux, beaucoup mieux.

— Voilà le vin.

Sylvain se leva d'un bond, tant il était curieux de savoir ce que c'était au juste que cette bataille d'un enfant de sept ans contre la misère.

Au milieu de la grande cour, une vraie cour de caserne, il y avait une grande pompe qui versait son eau dans une auge de pierre assez basse. Le petit garçon, en plein soleil, savonnait dans l'auge les guenilles de son père, les siennes et celles de sa petite sœur, en un mot le linge de la famille. Un bout de planche lui servait de battoir. Au moment où Sylvain regarda par la fenêtre, le petit garçon achevait de tordre un gros paquet et l'on peut dire qu'il ne ménageait pas sa peine. Quand il eut tordu ce paquet, il regarda dans l'auge et jugea sans doute que l'eau avait besoin d'être renouvelée pour le rinçage, car il enleva le tampon qui bouchait le trou de l'auge et l'eau de savon s'écoula avec impétuosité.

L'enfant profita de ce répit pour essuyer avec ses poignets son front ruisselant de sueur ; après quoi il s'étira les bras et se cambra en arrière pour respirer plus librement et pour soulager son pauvre dos endolori d'avoir été trop longtemps courbé.

Quand l'auge fut vide, le petit garçon remit le tampon et s'attela courageusement au bras de la pompe, trois fois trop long et trois fois trop dur pour ses forces d'enfant de sept ans. Il se démenait comme un possédé, raidissant ses bras maigres, se donnant des tours de reins, se suspendant de tout son poids, qui n'avait pas grande action sur la formidable machine.

« Ce n'est pas un travail d'enfant ! dit Sylvain d'un air sombre.

— Eh non, ce n'est pas un travail d'enfant, répliqua la bonne femme avec un calme qui aurait pu passer pour de l'indifférence, mais qui venait de l'habitude de voir ces choses-là à la journée ; c'était la résignation mélancolique des pauvres gens aux misères des autres comme à leurs propres misères.

— Il faut que j'aille l'aider ! s'écria Sylvain en mettant pour la seconde fois sa chaise de côté. Je ne puis pas voir ça de sang-froid ; le sang me bout dans les veines.

— Laissez-le faire, lui dit la bonne femme.

— A cause ? demanda Sylvain d'un air surpris.

— A cause que ça l'humilierait. Ah ! mon Dieu oui, c'est gros comme un rat, mais ça a de l'amour-propre comme un lion. Il n'est pas le seul, allez, dans la maison, à faire un travail d'homme avec des bras d'enfant. Les autres se moqueraient de lui et crieraient : « Oh ! Rémy qui se fait aider par des cuirassiers ! Oh ! les cornes ! les cornes ! » Et il ne saurait plus où se fourrer. Quelle drôle de chose que la misère, n'est-ce pas ?

— Ça me met hors de moi-même ! s'écria Sylvain en se rasseyant brusquement pour n'en pas voir davantage. Nom d'un chien !

— Vous n'êtes pas habitué à cela, lui dit doucement la bonne vieille ; c'est la misère des grandes villes. Vous êtes peut-être de la campagne ?

— Oui, et même d'une assez vilaine campagne : c'est laid comme péché mortel, chez nous : mais on n'y voit pas de choses comme ça.

— Le pire de tout, reprit doucement la bonne femme en se frottant le nez avec le bec corbin de son bâton, c'est qu'il n'y a pas de porte pour sortir de là. Quand un enfant se bat contre la misère, on ne peut pas l'envoyer à l'école ; ce serait une briganderie de l'enfermer pendant des heures quand il est déjà moulu de tous ses membres, et d'ailleurs il n'aurait pas le temps. Vous autres, militaires, vous vous battez des fois, mais vous n'êtes pas toujours à vous battre ; quand les ennemis en ont assez, ils disent : « Reposons-nous, ce sera pour une autre fois ; » la misère ne dit pas

cela, elle : elle n'en a jamais assez. Voilà pourquoi le pauvre Rémy n'ira jamais à l'école ; et au jour d'aujourd'hui qu'est-ce que c'est qu'un homme qui ne sait ni lire ni écrire ? Qu'est-ce que vous voulez qu'il fasse ?

— Il se fait soldat, répondit fièrement le cuirassier Bricaud. Moi qui vous parle, ajouta-t-il sans forfanterie comme sans honte, je ne sais ni lire ni écrire. »

La bonne femme le regarda quelques instants sans rien dire, puis elle reprit :

« Je n'aurais pas cru ça à vos manières. Mais peu importe. Seulement, vous savez, ne se fait pas soldat qui veut : il faut encore avoir la taille et la force. Comment voulez-vous qu'on ait la taille et la force quand on a passé tout son temps à s'arracher l'âme du corps pour gagner tout juste de quoi ne pas mourir de faim.

— C'est abominable, murmura Sylvain en se tenant la tête à deux mains.

— Peut-être », répliqua philosophiquement la vieille femme.

En ce moment la « pauvre vermine » poussa deux ou trois vagissements.

En deux enjambées, Sylvain fut dans la boutique ; en deux autres enjambées il reparut, tenant la petite fille dans ses bras. C'est tout ce qu'elle demandait : une distraction nouvelle. La preuve, c'est qu'elle faisait risette au beau Sylvain en fourrageant voluptueusement, à pleines mains, dans la belle laine rouge de ses épaulettes.

Sylvain avait enlevé la belle un peu à la volée et sans prendre la peine de la regarder. Il s'agissait d'opérer la razzia en un tour de main pour empêcher tout esclandre.

Rassuré de ce côté, il passa l'inspection d'un coup d'œil, et le résultat de cette inspection fut ce cri parti du cœur : « Mais, mais, mais ! on me l'a changée en nourrice. Qu'est-ce qu'on m'a fait de mon diablotin noir de ce matin ? Un peu pâlotte, mais gentille à croquer.

— Je vais vous dire, reprit la vieille femme... mais d'abord donnez-la-moi, elle vous gêne.

— Me gêner ? ah bien oui. Laissez-la-moi.

— Eh bien, gardez-la jusqu'à ce que vous en soyez las.

— C'est ça ; mais vous aviez quelque chose à me dire.

— Ah, voilà ! Quand vous avez été parti, ce matin, Rémy m'a demandé si c'était bien sûr que vous reviendriez. « Oui, puisqu'il l'a promis. — C'est un bon monsieur, il ne faut pas lui faire honte ; c'est propre, les militaires, il a dû trouver que nous étions bien sales, tous. Je vais faire la toilette de ma petite sœur et la mienne.

— Mais voyez donc quelles idées dans la tête d'un enfant de sept ans, dit le beau

IL SOULEVA LE PAUVRE HOMME.

Sylvain, sans cesser un instant de faire des risettes à la petite fille.

— Alors vous la trouvez gentille, cette pauvre petite Sylvine ?

— Qu'est-ce que vous me dites là ? Répétez ça, pour voir, ma bonne mère. Vous avez dit Sylvine ?

— J'ai dit Sylvine, répéta la vieille femme. Est-ce que dans votre pays on ne connaît pas ce nom-là

— Oh ! si fait, on le connaît bien. Mais, voyez-vous, ce qui m'a donné comme un coup dans l'estomac, c'est que je m'appelle Sylvain. En voilà une bonne histoire. C'est quasiment comme si j'étais son parrain. Hé ! Sylvine, regarde-moi bien en face. »

Ils se regardèrent bien en face pendant au moins dix secondes.

« Je ne l'avais pas bien regardée, dit-il enfin en secouant la tête avec le sérieux le plus comique ; elle est bien plus jolie que je ne l'avais cru d'abord. »

CHAPITRE IX

O mystérieuse vertu du doux nom de Sylvine !

La bonne vieille ne put s'empêcher de sourire, pendant que Sylvain regardait Sylvine de tous ses yeux, mettait des baisers sur les petites joues et sur les petites mains. Lui aussi, il souriait tout le temps, mais son sourire n'avait rien d'ironique, je vous en réponds.

« Bon sang de bon sang ! s'écria-t-il à la fin, en élevant Sylvine dans ses bras, est-ce gentil une petite fille qui s'appelle Sylvine ! »

Au moment où il s'y attendait le moins, cette jeune perfide fit un saut de carpe en côté, les bras tendus vers un objet sur lequel elle était en arrêt depuis deux grandes minutes.

Pris à l'improviste, Sylvain arriva juste à temps pour la rattraper. Il eut une demi-seconde d'agonie mentale : puis une peur rétrospective qui le rendit tout pâle. Son âme de guerrier, violemment secouée, ne reprit son équilibre et sa stabilité qu'après s'être soulagée de trois ou quatre jurons qui la gênaient probablement, et que ses lèvres de guerrier lancèrent dans l'espace en faisant ronfler les r avec une remarquable énergie. Après quoi, il sourit, appela Sylvine « un cher agneau du bon Dieu », lui mit un baiser sur chaque joue, en se traitant lui-même de « grand fichu maladroit ».

« Si c'est comme ça que vous parlez aux demoiselles !...

— Est-ce que c'est mal d'appeler Sylvine un « cher agneau du bon Dieu » ?

— Oh non ! ça n'est pas mal, au contraire ; mais cette bordée de jurons...

— J'ai juré, moi ? s'écria le naïf cuirassier.

— Oh oui ! et solidement encore. Je suis assez vieille pour être votre grand'mère, et vous ne vous fâcherez pas, si je vous dis que c'est une mauvaise habitude.

— A Sivaud-le-Hameau, tout le monde jure. Au quartier, on ne s'en prive pas.

— Oui ; mais vous n'êtes pas au quartier avec des cuirassiers. Moi, j'en ai entendu bien d'autres, et ce n'est pas pour moi que je parle. Sylvine n'est pas en état de comprendre ; mais Rémy va rentrer d'un moment à l'autre. Pauvre petit, il en entend de toutes les couleurs dans une maison où il y a tant de locataires, mais du moins, quand il dit mal, on peut le reprendre, et il n'est pas têtu. Mais qu'est-ce qu'on lui répondra quand il viendra vous dire : « Il jure bien, lui !

— Quand on m'explique les choses comme cela, je les comprends, dit Sylvain. Je tâcherai de retenir ma langue.

— Et puis je suis comme Rémy, je prends intérêt à vous. Perdez cette habitude pour le bien des autres, et perdez-la aussi pour votre propre bien. Quand vous serez officier...

— Mais je ne serai jamais officier, objecta vivement Sylvain.

— Pourquoi cela ?

— Parce que ce n'est pas dans mes idées.

— Allons donc !

— Je ne mens jamais.

— Ce n'est toujours pas un serment que vous avez fait ? lui demanda la bonne femme en le regardant avec attention. »

Ainsi mis au pied du mur, le pauvre Sylvain en fut réduit à dire : « Ça ferait de la peine à quelqu'un que je respecte et à qui je dois quasiment tout. Je ne peux pas vous expliquer cela clairement, mais ça lui ferait de la peine de savoir que ce qui a été bon pour lui, un homme si honoré et si honorable, je ne le trouve pas bon pour moi. Ça le navrerait.

— Mais reprit la bonne femme de plus en plus intriguée, si ce quelqu'un-là vous aime autant que vous avez l'air de l'aimer, il doit vouloir votre bien.

— Oh ! pour ça, oui ! répondit Sylvain avec un élan de généreuse reconnaissance. Oh oui ! Il ne pense qu'à ça jour et nuit.

— Eh bien, mon garçon, quand on est dans l'armée, il vaut mieux être officier que soldat.

— On ne peut pas devenir officier sans savoir lire et écrire. Et moi, je vous l'ai déjà dit, je ne sais ni lire ni écrire.

— Ce qu'on ne sait pas, on l'apprend.

— Pas moi, toujours, riposta Sylvain d'un ton ferme et convaincu.

— Pourquoi ça ?

— Parce que je suis trop bête, parce que j'ai la tête trop dure.

— Avez-vous essayé ?

— Non, madame.

— Eh bien, il faut essayer. Allons, promettez-moi d'essayer ! »

Seigneur Dieu, quelle angoisse ! Il n'avait que deux alternatives : ou capituler, c'est-à-dire apprendre à lire et à écrire, et vous voyez d'ici les conséquences, ou bien dire : « Je n'apprendrai pas parce que je ne veux pas, et je ne veux pas parce que je ne veux pas ! » Sylvain comprit qu'il n'avait plus qu'à amener son pavillon ; une sueur froide perla sur front.

aucun gradé ne s'est trouvé sur son chemin pour lui faire rengainer son sabre et prendre note de son numéro matricule.

Quoi qu'il en soit, le cuirassier Camuseur est là, sabre au poing, rose, souriant et fier de son audace.

« Officier ! » crie à voix basse un des chasseurs, qui a vu déboucher de la rue du Jeu-de-Paume un capitaine d'artillerie.

Les chasseurs se dispersent pour ne pas attirer l'attention sur leur ordre de bataille trop régulier ; l'intrépide Camuseur entre précipitamment dans la boutique et rengaine brusquement.

« Quelle venette ! » dit-il avec une franchise toute militaire. Puis, pour montrer sans doute que cette venette ne l'avait pas privé de ses moyens, il gonfle sa joue

RÉMY S'ÉTAIT CHARGÉ DE SA PETITE SŒUR

« Bassinoire ! es-tu quelque part là-dedans ? » cria une voix sonore, de la porte de la rue.

Sauvé ! O Camuseur, ta voix n'est pas mélodieuse, mais avec quelle douceur angélique elle a résonné aux oreilles du cuirassier Bricaud.

Le cuirassier Bricaud dépose prestement son doux fardeau entre les bras de la vieille femme, se précipite vers la porte et crie : « Présent ! »

Le cuirassier Camuseur est debout sur le seuil, frais comme une rose, et il est évident qu'un sommeil réparateur a remis ses facultés à peu près en équilibre. Je dis à peu près, parce que, si l'équilibre avait été parfait, le cuirassier Camuseur ne se serait pas permis, au risque des conséquences les plus graves, de tirer son sabre du fourreau, de se l'appliquer contre l'épaule, la garde sur la hanche, et d'amener les chasseurs, rangés sur deux files, depuis la *Renommée des Cochons de lait* jusqu'à la boutique du charbonnier. Les dieux lui ont été plus propices qu'il ne le méritait :

droite, et avec le médius de la main droite, qui fait à chaque coup ressort contre le pouce, il s'administre sur la joue une série de pichenettes savamment graduées. On croirait entendre les glouglous d'une carafe que l'on vide. Camuseur a beaucoup de petits talents de société ; celui-là est son triomphe.

Après le glouglou final, il dit à son ami : « Nous nous en allons prendre l'air dans les bois ; en es-tu ? »

Le cuirassier Bricaud fut sur le point d'accepter. C'était un moyen tout trouvé d'échapper aux questions indiscrètes et aux regards perçants de la vieille femme. Oui ; mais, quand cet homme se réveillerait, arriveraient-ils à déboucher la bouteille cachetée ? Savaient-ils seulement ce que c'était qu'une bouteille cachetée ? Et puis on aurait peut-être besoin de lui pour autre chose ; et puis (comme c'était drôle) il sentait que cela lui ferait grand plaisir de tenir encore Sylvine dans ses bras ; et puis ce petit garçon qui s'était donné tant de mal pour lui plaire et mériter son approbation, il aurait certainement le cœur gros en voyant qu'on ne l'avait pas seulement attendu.

« Je ne peux pas, mon vieux, répondit enfin le cuirassier Bricaud; j'ai encore un coup de main à donner ici.

— Compris, répondit le cuirassier Camuseur. Ordre du jour : rendez-vous à la fête de nuit, allée des Marmousets. Amuse-toi bien, » ajouta-t-il. Et, pivotant sur son talon, il se dirigea vers la porte.

Les quatre chasseurs vinrent serrer la main à Sylvain sans lui demander pourquoi il ne venait pas, et Sylvain retourna dans la chambre du malade. Il y retourna en courant, parce que Sylvine s'était mise à crier. Non seulement Sylvine criait, mais le malade demandait à boire, et Rémy entrait par la porte de la cour pendant que Sylvain entrait par celle de la boutique.

Le plus pressé, c'était de donner à boire au malade.

« Eh bien ? dit Sylvain d'un ton encourageant, quand le charbonnier eut avalé une première gorgée.

— C'est amer ! dit l'homme en faisant la grimace.

— Pauvre homme, s'écria-t-il avec des regards compatissants, il faudrait un peu de sucre dedans; prenez patience, je cours en chercher.

— Ce n'est pas la peine, dit la vieille femme; j'ai défait le paquet et il y en avait dedans. »

Le malade donnait des signes d'impatience, pendant que l'on faisait fondre le sucre dans l'eau. Quand le breuvage fut prêt, il le but avec avidité. Ensuite il ferma les yeux.

Pendant les cinq minutes qu'il tint ses yeux fermés, un silence profond régna dans le pauvre bouge : personne n'avait rien à dire. Sylvine trouva que ce silence-là était ennuyeux, et, comme elle était en ce moment entre les bras de son frère, c'est tout naturellement à lui qu'elle s'en prit. Après lui avoir adressé une série de risettes auxquelles il répondait par des signes de tête, elle écarta les deux bras, abattit de chaque côté ses mains sur les joues de Rémy et serra tant qu'elle put. Rémy communiqua alors à ses lèvres ce mouvement particulier aux babines des lapins. C'en était trop, et Sylvine se mit à rire aux éclats.

L'homme ouvrit les yeux et fit un effort pour apercevoir ce qui se passait derrière le pied de son lit. Ses sourcils se contractèrent, et, se sentant hors d'état de renouveler sa tentative, il dit à demi-voix : « Sylvine ! »

Aussitôt Rémy accourut et, se penchant sur le lit, mit Sylvine bien en vue. L'homme regarda ses deux enfants sans rien dire; son cou maigre se gonfla légèrement, et deux petites larmes brillèrent dans les coins de ses yeux.

Sylvain savait vaguement qu'il y avait un bureau de charité, des dames de charité, des sociétés de secours, et il s'était presque attendu à trouver des personnes charitables, accourues au premier signe. Il eut d'abord l'idée de s'en ouvrir à la bonne vieille, mais une sorte de pudeur le retint. Il aurait l'air d'être las de tout ce pauvre monde. C'est cela qui serait une honte, par exemple, et une fameuse honte !

Qu'est-ce qu'il y avait de mieux à faire pour le moment ? C'était d'acheter du bouillon pour le malade, du lait pour Sylvine et des couennes pour Rémy. Mais, au fait, des couennes, toujours des couennes, est-ce que c'était bien réconfortant pour un petit soldat de la grande armée qui se bat contre la misère ? L'enfant qui, le matin, avait satisfait sa fantaisie, préférerait peut-être autre chose. Le meilleur moyen de le savoir, c'était de le prendre à part et de lui demander son goût. Et, à ce propos, il se souvint qu'il n'avait pas encore remercié ce pauvre petit héros de toute la peine qu'il s'était donnée en vue de lui plaire.

Il lui fit donc signe de venir dans la boutique, et là il lui dit: « Regarde-moi, petit Rémy (mon Dieu, qu'il était petit !). Je veux te dire que je suis content de toi. Tu as voulu me faire plaisir, et tu m'as fait plaisir, car il n'y a rien que j'aime comme les gaillards qui n'ont pas froid aux yeux et qui ne regardent pas à leur peine ! »

La pâle figure du pauvre enfant chétif et surmené se couvrit d'une teinte rosée qui la rendit charmante, et ses yeux brillèrent de joie et d'orgueil. Ils étaient beaux, ses yeux, quoique semblables à ceux de son père, qui ne l'étaient pas. Mais comme le dessous de la paupière était déjà battu et bistré !

« Petit Rémy, reprit le grand cuirassier, je t'estime, mon garçon, et, quand j'estime un homme, je lui demande d'être mon ami,

— Oh ! oui, monsieur,

— Je m'appelle Bricaud.

— Oh ! oui, monsieur Bricaud.

— Plus tard, quand nous nous connaîtrons mieux, si tu es toujours le même petit homme, honnête et brave, je te permettrai de m'appeler Sylvain. »

L'enfant lui jeta un timide coup d'œil de reconnaissance.

« Personne au régiment ne m'appelle Sylvain (c'était vrai, les gens polis l'appelaient Bricaud, les autres l'avaient appelé jusque-là *Victoirine* et l'appelleraient désormais *Bassinoire*). Tu entends, personne au régiment ne m'appelle Sylvain.

— Oui, monsieur Bricaud.

— Eh bien, toi, mets ça dans ta tête, tu m'appelleras Sylvain, et ta petite sœur aussi, quand elle saura parler, bien entendu. Et maintenant, entre amis, l'on se donne la main. »

L'enfant tendit sa main. Le cuirassier la saisit, la serra tout doucement, la secoua à plusieurs reprises. Dieu! que c'était peu de chose, dans cette grande main d'Hercule, que cette pauvre menotte d'enfant!

Comme l'enfant allait retirer sa main, Sylvain la retint doucement par le poignet et l'étala dans sa large paume.

« Il faut, dit-il d'un ton doctoral, que nous remplumions cette main-là. Dis-moi, comme un ami à son ami, ce qui te ferait bien plaisir pour ton dîner ? »

L'enfant leva sur son ami des yeux où il y avait peut-être encore plus de surprise que de reconnaissance, c'est moi qui vous le dis.

« Comment! disait le regard de Rémy, deux repas en un jour ! »

« Eh bien dit Sylvain en souriant.

— Un bol de lait, répondit l'enfant avec quelque hésitation.

— Rémy, lui dit le cuirassier Bricaud d'un ton sévère, regarde-moi bien en face! Ah! je savais bien qu'il y avait quelque chose. Ton nez remue. Dis-moi la vérité tout de suite, ou tu perds mon estime. Le lait, c'est la nourriture des petits enfants; si tu m'as demandé du lait, c'est pour le donner à ta petite sœur ! »

L'enfant baissa la tête; il devint cramoisi et les larmes lui montèrent aux yeux.

« Oui, monsieur Bricaud, répondit-il d'une voix tremblante.

— Allons, soldat, ne pleure pas, lui dit le cuirassier Bricaud avec bonté. C'était une bonne intention, et tu as bon cœur. Mais ton bon cœur t'a trompé. Sais-tu ce qu'il fallait me dire? Il fallait me dire: « Monsieur Bricaud, j'aimerais mieux rien pour moi, et un bol de lait pour Sylvine! » Tu comprends ?

— Oh! oui, monsieur Bricaud, je comprends bien, répondit l'enfant avec un repentir sincère.

— Alors, moi, je t'aurais répondu : T'inquiète pas, mon garçon, on a pensé à Sylvine ; elle aura son affaire, c'est réglé. Et maintenant, mon ami, qu'est-ce qui te ferait plaisir à toi ?.

— Des cou...

— Chut! pas de ça, c'est lourd, le soir. Cherche autre chose, cherche bien, ne te presse pas: J'ai le temps d'attendre. »

Le petit garçon réfléchit. Tout d'un coup il se mit à rire, content d'avoir trouvé; puis son rire joyeux se changea en une sorte de ricanement embarrassé; c'était peut-être bien présomptueux de sa part de demander ce qui lui était venu à l'idée. Songez donc! du boudin noir avec beaucoup de lardons dedans!

Je laisse à penser si le boudin noir devait être léger! Mais Sylvain octroya tout de même le boudin noir, haut la main. Grisé par le succès, Rémy raconta que, si le boudin lui était venu à l'idée, c'est parce

qu'on en avait mangé au baptême de sa petite sœur. Le parrain avait très bien fait les choses, et l'on avait mangé beaucoup de boudin noir.

« Qui est-ce, le parrain ? » demanda Sylvain d'un ton un peu sec. Sans savoir pourquoi, il se sentait animé de sentiments peu bienveillants, au fond desquels il y avait peut-être un brin de jalousie, envers cet individu qui s'était arrogé le droit de se faire appeler « parrain » par Sylvine.

— Oh! un homme riche..., répondit Rémy en hochant la tête. Un gendarme.

— Et cet homme riche, ce gendarme, qu'est-ce qu'il a fait pour sa filleule ?

— Oh! il venait nous voir; il apportait de bonnes choses...

— Tu dis: il *venait*, il *apportait*... Il ne vient donc plus? Il n'apporte donc plus ?

— Il a été assassiné par un mauvais homme qui chassait sans permis, du côté de Jouy, » répondit Rémy, en baissant la voix et en regardant autour de lui avec une sorte de terreur.

« Tué à l'ennemi! » se dit Sylvain. Aussitôt le sang afflua à ses joues; il se reprochait, à cette heure, d'en avoir voulu à ce brave qui était mort en faisant son devoir.

« Vois-tu, dit-il à Rémy, je ne reviens pas sur ce que je t'ai promis; si tu marches droit, je te permettrai de m'appeler Sylvain, ta petite sœur m'appellera parrain. C'est toi que je charge de lui apprendre ce mot-là. C'est une grande confiance que je te montre, petit Rémy, le comprends-tu bien ?

— Oui, monsieur Bricaud, répondit le petit garçon.

— Alors donc, je t'en charge.

— Oui, monsieur Bricaud.

— Et la marraine ? demanda M. Bricaud, après quelques instants de profonde méditation.

— C'est ma grand'mère, la mère de maman. Elle s'appelle Sylvine, et maman s'appelait Sylvine aussi. »

M. Bricaud approuva gravement de deux signes de tête, après quoi il reprit:

« Et où est-elle, cette grand'mère ?

— Oh! là-bas, bien loin, au pays, dans un endroit qu'on appelle Sigogné.

— Sigogné-les-Rouches? demanda vivement Sylvain.

— Je crois que c'est un nom comme ça.

— C'est qu'il y a aussi un Sigogné-en-Plaine, du côté de chez nous. Voyons, tâche de te rappeler. Est-ce Sigogné-les-Rouches ou Sigogné-en-Plaine ?

— Je crois bien que ce serait plutôt Sigogné-les-Rouches.

— Dans le département Noir?

— Je ne sais pas. »

Sylvain se mit à réfléchir.

« Sait-elle lire et écrire, ta grand'mère? demanda Sylvain en sortant brusquement de sa méditation

— Non, monsieur Bricaud. C'était le maître d'école qui écrivait pour elle quand elle nous donnait de ses nouvelles.

— Alors, répondit M. Bricaud, elle est du département Noir; et, vois-tu comme ça se trouve, j'en suis aussi de ce département-là. Ta grand'mère est ma payse, ta défunte mère était ma payse. Ta sœur et toi, vous êtes mes pays... approximativement! Ah! petit Rémy! petit Rémy! »

Ah! grand Bricaud! grand Bricaud! Il n'est pas difficile de lire dans ta pensée. Tu énumères avec l'ardeur irréfléchie de la passion tous les faits dont l'ensemble doit constituer le droit que tu convoites, celui d'appeler Sylvine ta filleule. Mais tu ne songes pas que tout droit correspond à un devoir, et toi, tu n'es pas homme à séparer le droit du devoir. Arrête-toi, il n'est que temps. Chaque mouvement que tu fais t'enfonce un peu plus dans un marais plus dangereux que les marais Brenoux, plus dangereux pour ton insouciance, pour la paix de ton cœur, pour tes plans d'avenir si bien tirés au cordeau. Si tu ne te retires à temps, tout y passera, l'héritage de ton père dans le présent, et celui du capitaine dans l'avenir. Mais, bah! allez donc donner des conseils de prudence à l'homme dont le cœur est pris!

CHAPITRE X

JUSQUE-LÀ les deux interlocuteurs étaient restés face à face : l'un, le grand Bricaud, assis sur un banc grossier; l'autre, le petit Rémy, sur une espèce de table massive et informe. Le grand Bricaud se leva de son banc et dit:

« Petit Rémy, mon pays, tu vas te charger de Sylvine et lui faire prendre l'air dans la cour; j'ai deux mots à dire en particulier à cette dame qui est là à côté. Comment est-ce qu'on l'appelle?

— Mme Vérité.

— Un beau nom, dit Sylvain avec un grand sérieux. Allons, houp! fais ce que je t'ai dit. »

Mme Vérité avait fait bien des métiers, tous honnêtes. Le malheur de sa vie avait été d'épouser un homme qui n'avait ni conduite ni dignité. Il l'avait quittée, mais il revenait de temps en temps faire main basse sur ses économies. Il était mort au bout de dix ans et alors Mme Vérité avait amassé de quoi vivre, mais ses petites rentes s'arrêtaient juste à la limite de ses besoins personnels, ce qui la privait du plaisir d'aider les misérables, du moins de son argent. De sa personne, elle les aidait un peu, vieille, impotente et rhumatisante comme elle l'était. Les autres locataires se trouvaient dans le même cas. Les pauvres diables! ils avaient bien d'autres chats à fouetter. Le bureau de charité? On n'en tirerait rien avant d'avoir fait des démarches à n'en plus finir. Les dames de charité? Elles avaient déjà bien des misères à soulager. Le « major » était revenu pendant l'absence de M. Bricaud et il avait dit que ce ne serait presque rien; seulement il conseillait à Menaut de ne plus porter d'eau dans les maisons. Il en serait réduit à son petit commerce de détail, un chétif commerce! Où prendre l'argent? Il n'avait pas d'autres parents que sa belle-mère. Mais la belle-mère vivotait de rien, là-bas, dans un pays perdu, un vrai pays de misère.

« Je connais le pays, dit Sylvain, et je sais qu'on n'y est pas riche.

— Vous voyez bien! Le parrain de Sylvine aurait certainement pu faire quelque chose, mais il est mort.

— Je le sais, répondit Sylvain, Rémy vient de me le dire. C'est bien malheureux! » Et il ajouta lentement: « Tout à fait malheureux! » Enfin il se décida:

« Je disais au petit Rémy quelque chose qui va peut-être vous faire rire. Eh bien, madame Vérité, tel que vous me voyez, je suis orphelin de père et de mère, je n'ai ni frères, ni sœurs, ni oncles, ni tantes, ni cousins, ni cousines, personne à aimer, sauf mon parrain, un homme de quatre-vingt-deux ans que j'aime et que je vénère; mais c'est une amitié entre hommes... Aidez-moi, madame Vérité, ou je n'en sortirai pas.

— Vous voulez peut-être dire, qu'il n'y a pas entre vous deux ce qu'il y a entre un fils et une mère, entre un frère et une sœur...

— Entre un frère et une sœur! parfait; surtout si vous voulez dire entre un grand gaillard de frère et une toute petite sœur: tenez, de l'âge de Sylvine, par exemple. Vous comprenez?

— Je comprends très bien.

— Sylvine n'est pas ma petite sœur, et moi, je ne suis pas son grand frère et pourtant, quand j'ai vu cette petite bien débarbouillée et bien nette, quand j'ai su qu'elle s'appelait Sylvine, je me suis dit: « Sylvain, c'est quasiment comme si tu étais son parrain. »

— L'idée est gentille...

— Laissez-moi dire, madame Vérité, pendant que je sais ce que je veux dire. Quand Rémy m'a dit que le parrain était mort, j'ai répondu, moi: « Petit Rémy, ta petite sœur ne peut pas rester sans parrain, ça ne se fait pas, ça n'est pas convenable; quand elle commencera à jaser, apprends-lui à m'appeler parrain. » Ai-je mal fait? La loi est-elle contre?

— Vous n'avez pas mal fait et la loi n'est point contre.

— Alors, me voilà à l'étape. J'ai eu du mal à y arriver, mais j'y suis. Je suis censément le parrain de Sylvine, et je puis prêter à son père ce que feu le gendarme lui aurait prêté.

— N'allons pas si vite, dit Mme Vérité d'un ton grave. Le gendarme était riche, pour un gendarme.

— Et moi, je ne suis pas pauvre, pour un cuirassier !

— Le gendarme aurait pu avancer un billet de cent francs sans se gêner.

— J'en allongerai sept quand on voudra. J'ai fait un héritage, voyez-vous, madame Vérité, sans que ça paraisse, un héritage de sept cents bons francs que j'ai mis à la

vous dites. Seulement, les moineaux ne pourront pas manger tout le pain, et alors ils le gâcheront ; au lieu que si l'homme avait été prudent en charité, il aurait eu du pain pour lui et pour d'autres oiseaux. Car, enfin, il n'y a pas que les moineaux en ce monde.

— Mais, objecta Sylvain, ce pauvre malheureux qui dort là, à côté de nous, n'est pas un moineau.

— C'est un brave homme, reprit Mme Vérité, mais enfin c'est une créature pleine de faiblesse comme nous tous. Si vous lui offriez vos sept cents francs, il les accepterait avec l'intention de vous les rendre honnêtement. Mais cela le griserait un peu de se voir à la tête de tant d'argent à la fois : il se donnerait ses aises, il se lan-

caisse d'épargne et que je retirerai quand je voudrai.

— Alors, mon brave garçon, en allongeant sept cents francs, comme vous dites, vous allongeriez toute votre fortune. Vous avez certainement du cœur pour deux, mais vous ne connaissez rien de rien au train du monde. Quand on a sept cents francs, on ne le crie pas sur les toits, parce qu'il y a des personnes que l'argent des autres attire comme le miel attire les mouches : il faut qu'elles y goûtent. Et quand elles y ont goûté, tout y passe. Il faut qu'un homme ait de la réserve quand il s'agit de ses affaires d'argent. C'est très bien de faire la charité, mais il faut que la charité ne nuise ni à celui qui la fait, ni à celui qui la reçoit. Qu'est-ce que vous diriez à un homme qui jetterait tout son pain d'un coup aux moineaux ?

— Je dirais que cet homme-là s'amuse à sa façon et qu'il y a des manières de s'amuser moins innocentes. »

Mme Vérité ne put s'empêcher de rire.

« Il y a, reprit-elle, du vrai dans ce que

cerait dans des entreprises au-dessus de sa capacité, et l'argent filerait aussi vite qu'il serait venu et vos sept cents francs seraient perdus pour vous...

— Personne n'a rien à y voir.

— Soit ! mais, comme dit l'Écriture, le second état de ce pauvre Menaut serait pire que le premier, car Menaut ne serait plus si honnête : l'argent, qui est une bonne chose en soi-même, produit souvent des effets bien malheureux.

— A qui le dites-vous, madame Vérité ? Sans me vanter, je suis ce qu'on appelle un bon soldat dans le service, et un bon garçon en dehors du service, tant que je n'ai pas d'argent. Quand j'en ai, vas-y voir ! Je ne vaux plus rien, en dehors du service, bien entendu. Si l'argent était, comme vous dites, perdu, je ne m'userais pas les yeux à le pleurer.

— On ne peut jurer de rien.

— Et puis, il y a ici un petit oiseau qui s'appelle Sylvine. Ce n'est pas par charité ce que j'en fais, c'est pour me faire grand plaisir à moi-même. Mais je ne voudrais pas, pour mon plaisir, détraquer la cervelle à ce pauvre Menaut. Ça, non ! Mais il y a pourtant quelque chose à faire.

— Eh bien, laissez-moi vous conduire. Reportez cette bassinoire à Poildur, elle ne sert plus à rien ; et demain, il ne se gênerait pas pour réclamer la location de deux jours.

— Mais, je n'ai pas loué la bassinoire ; je l'ai achetée.

— Peut-on vous demander ce qu'elle vous a coûté ?

— Neuf francs, répondit Sylvain, tout penaud.

— Neuf francs ! C'est une somme, vous savez ; mais la bassinoire est une belle bassinoire.

— Eh bien, je la donne à Sylvine. »

Mme Vérité fut prise d'un fou rire.

« Mais, mon brave garçon, dit-elle, qu'est-ce que vous voulez qu'une petite fille d'un an fasse d'une bassinoire ?

— Elle sera bien contente, cette petite, de trouver ce meuble-là quand elle se mariera.

— Quelle bonne créature vous faites ! dit Mme Vérité en posant sa main sèche et ridée sur la grosse main brune de Sylvain. Il s'écoulera du temps d'ici le mariage de Sylvine.

— Une bassinoire n'est pas une fleur, madame Vérité, ça peut attendre sans se faner. On l'envelopperait dans du papier.

— Oui, mais Sylvine ne peut pas attraper l'âge de se marier sans boire du lait en attendant, et le prix de la bassinoire...

— Eh bien, et mes sept cents francs ? Quand elle aura bu pour sept cents francs de lait, je crois que ce sera une solide gaillarde ! »

Sept cents francs de lait ! Mme Vérité fut prise d'un second accès de fou rire auquel se joignit Sylvain de bien bon cœur, cette fois-ci. Comme il mettait une sourdine à son rire cyclopéen, à cause de ce malheureux qui dormait, il fut forcé de s'en aller dans la boutique et de tirer la porte sur lui ; sans cela il aurait eu une attaque d'apoplexie foudroyante.

<h2 style="text-align:center">CHAPITRE XI</h2>

Q UAND il rentra dans la chambre, Mme Vérité lui dit sans s'embarrasser à chercher une transition :

« Vous allez reporter cette bassinoire.

— Oui, madame Vérité.

— Vous direz à Poildur qu'il vous rende huit francs quinze sous et qu'il garde cinq sous pour la location, c'est bien payé. S'il fait le malin, dites-lui que c'est moi qui ai décidé cela. »

Poildur comprit les raisons de Sylvain et céda. Il compta huit francs quinze sous dans la paume de Sylvain, le félicita de connaître Mme Vérité et le chargea même de ses compliments pour cette « brave dame ».

Sylvain s'en alla. Il tenait les huit francs quinze sous bien serrés dans le creux de sa main, comme les enfants à qui l'on a rendu la monnaie d'une pièce. Ces huit francs quinze sous représentaient à ses yeux un premier acte d'obéissance aux ordres de Mme Vérité ; un petit triomphe remporté sur sa propre timidité et sur ses répugnances, et comme un premier pas dans la voie, toute nouvelle pour lui, de l'économie.

Dans le bien comme dans le mal, le second pas suit de près le premier. Ce contact des huit francs quinze sous avec la paume de sa main fit naître dans le cœur du cuirassier Bricaud une résolution quasi héroïque. Dans la voie de l'économie il avait fait son premier pas, sous les auspices de Mme Vérité, conduit par la main, comme un petit enfant ; il allait faire le second, tout seul, comme un homme.

Quand un homme sort du quartier, en grande tenue, avec la permission de minuit dans sa poche, après avoir annoncé qu'il va « s'en donner », les camarades savent que cet homme-là ne reparaîtra pas de la journée, et qu'aux approches de minuit, pas avant, la sentinelle entendra le bruit des grosses bottes et le cliquetis de ferraille du cuirassier pressé qui craint d'être en retard.

Rentrer plus tôt, c'est comme une défaillance et un manquement à la parole donnée. Les hommes de garde, s'ils voient rentrer avant l'heure le cuirassier « un tel », ont le droit de penser que le cuirassier « un tel » a trop copieusement festoyé, qu'il n'a pas bien mesuré ses forces, et qu'il éprouve un impérieux besoin de s'étendre sur son lit. Les quolibets pleuvent sur le cuirassier « un tel », qui les rendra à l'occasion. Si le cuirassier « un tel » rentre à l'heure de la soupe, cela prouve que le cuirassier « un tel » n'a plus le sou et qu'il ne peut pas se payer un dîner à la gargote. Alors pourquoi s'était-il vanté le matin de faire une journée complète ?

Ayant perdu « sa société », le cuirassier Bricaud avait décidé de dîner quelque part, dans un coin, quitte à faire un piètre dîner et à le payer fort cher ; mais pour rien au monde il ne serait rentré au quartier à l'heure de la soupe : on a son petit amour-propre, n'est-ce pas ?

Le contact des huit francs quinze sous lui suggéra brusquement l'idée de ne pas dîner du tout, par mesure d'économie. Mais l'estomac du cuirassier Bricaud avait voix au chapitre, et il réclama avec une énergie sauvage.

« Eh bien, se dit le cuirassier Bricaud, j'irai dîner au quartier ; si l'on me blague, je n'en mourrai pas ! »

Ayant rendu ses comptes, à Mme Vérité, avec la monnaie qui était devenue toute chaude au contact de sa main, ayant de plus stipulé que Rémy aurait son boudin noir, le cuirassier Bricaud embrassa Sylvine, donna une poignée de main à Mme Vérité, une autre à Rémy, et s'en alla le plus naturellement du monde, en disant : « Je vais manger la soupe au quartier, je reviendrai peut-être faire un tour par ici dans la soirée. »

La sentinelle qui s'ennuyait, en grande tenue, à la porte du quartier, exprima par des roulements d'yeux la surprise qu'elle éprouvait à voir rentrer le cuirassier Bricaud.

Le sous-officier de service lui demanda s'il était malade. Les hommes de corvée à la cuisine s'excusèrent de ne pas avoir été prévenus à temps ; sans cela, ils lui auraient mijoté une bonne petite soupe à l'oignon ! Quand on est « dans cet état-là », il n'y a rien pour vous remettre le cœur, comme une bonne petite soupe à l'oignon.

Il « chiqua la légume » sous une grêle de quolibets, mais tous ces quolibets, dont quelques-uns étaient de gros calibre, ne l'empêchèrent pas de « chiquer » d'un fort grand appétit ce repas qui ne lui « coûtait rien » ! De loin, il avait cru que tout cela lui ferait beaucoup plus d'effet ; après tout, il avait sa conscience pour lui, et il était dans les principes du capitaine : « Laisser dire le monde et aller tout droit devant soi, quand on n'a rien à se reprocher, bien entendu. »

Son modeste repas terminé, Sylvain se demanda ce qu'il allait faire de sa soirée. Il aurait bien aimé à retourner là-bas, pour voir comment les choses se passaient ; mais il n'osait pas. Mme Vérité, qui était comme là vraie maîtresse de maison, puisque Menaut était malade, ne lui avait pas dit de revenir, au moment où il avait pris congé pour aller dîner au quartier.

Après avoir flâné dans la cour, pour tâcher de se décider à quelque chose, il monta machinalement à la chambrée et, quand il y fut, il se demanda ce qu'il y était venu faire. Toujours machinalement, il tira son livret de caisse d'épargne de l'endroit où il le tenait serré, et regarda curieusement cette plaquette de deux sous qui valait sept cents francs. Au moment de remettre le livret à sa place, il se ravisa subitement, défit trois boutons de sa tunique, introduisit la plaquette dans une poche intérieure, rajusta les trois boutons et descendit lentement l'escalier.

Arrivé sur le trottoir de la rue Royale, il regarda à droite, puis à gauche, puis devant lui. A droite, il y avait le commencement de la rue Royale, dont les trottoirs étaient envahis par des tables de café, autour desquelles de nombreux consommateurs se rafraîchissaient en riant, en criant, en chantant à tue-tête ; puis, plus loin, la pente douce de l'avenue de la mairie : une foule épaisse s'y mouvait lentement dans tous les sens, semblable à une mer mollement agitée, d'où émergeaient les perches des marchands de ballons captifs et de moulins à vent. « Trop de foule et de poussière, » se dit le cuirassier Bricaud, et il regarda à gauche. A gauche, c'était la perspective sévère et monotone de la rue Royale, si brusquement fermée par le couvent de Grand-Champ qui s'est résolument planté en travers, pour dire à la rue : « Tu n'iras pas plus loin ! » C'était morne, presque désert. « Ça fait froid dans le dos ! » se dit le cuirassier Bricaud, et il regarda devant lui.

Devant lui, c'était un éblouissement, une gloire de lumière. Le soleil, arrivé déjà aux trois quarts de sa course, lançait à torrents ses rayons obliques sur la rue de l'Orangerie, qu'il prenait en enfilade. La vieille rue, si morne d'ordinaire avec ses maisons d'un autre âge, grises et froides à l'œil, avait en ce moment tout l'éclat et toute la couleur d'une ville orientale. C'était beau ! c'était même admirable, mais seigneur ! qu'il faisait donc chaud ! Là aussi la foule grouillait, là aussi il y avait de la poussière. Et pourtant c'est de ce côté que se dirigea le cuirassier Bricaud. Est-ce parce que la foule paraissait plus pittoresque avec ce glacis de lumière pourpre ? Est-ce parce que la poussière formait comme un nimbe d'or ? Ou bien est-ce tout simplement parce que la rue de l'Orangerie est coupée à angle droit par la rue de Satory où débouche la rue du Vieux-Versailles ?

Entré résolument dans la fournaise, le cuirassier Bricaud marchait d'un bon pas, la tête un peu penchée, pour protéger de la visière de son casque ses yeux, qui auraient été aveuglés par l'éclatante lumière du soleil. Arrivé au coin de la rue de Satory, il s'arrêta. D'où il était, il voyait l'entrée de la rue du Vieux-Versailles. La tentation, si tentation il y eut, ne fut pas de longue durée. Au lieu de tourner à droite, il marcha droit devant lui. Quand il eut franchi la grille de l'Orangerie, il tourna à gauche, s'en alla sous les grands arbres qui faisaient, dans ce temps-là, un encadrement si pittoresque à la pièce d'eau des

Suisses, descendit au bord de l'eau et s'assit dans l'herbe.

Alors, pour la première fois, il put songer aux choses étranges qui lui étaient arrivées depuis le matin. Etait-il content? ne l'était-il pas? Ma foi, il n'en savait rien. Content! Il avait quelques raisons de l'être. Mécontent! il l'était un peu, car ses idées dans sa tête, et ses sentiments dans son cœur, se bousculaient à la diable, comme les hommes d'un escadron mal commandé sur le champ de manœuvres. Et cependant, si quelqu'un lui avait dit : « Recommencerais-tu, si c'était à refaire? » il aurait répondu : « Plutôt deux fois qu'une! — Alors, pourquoi es-tu tout « chose »? — Parce que c'est « bisquant » de ne pas savoir comment on serait reçu si on allait là-bas, et qu'on a justement à cause de cela une envie folle d'y aller. »

Si encore il avait pu imaginer un prétexte; mais il ne brillait pas précisément par la fertilité d'invention. Il restait donc là, dans l'herbe, à regarder fixement la surface polie de la pièce d'eau des Suisses. Des gens allaient et venaient. Tous, au passage, remarquaient Sylvain, et émettaient à haute voix, sans se gêner, des observations ou des hypothèses au sujet de ce superbe cuirassier misanthrope. La première voix qui frappa son oreille (sans doute parce que c'était une voix d'enfant) fut celle d'un petit garçon en costume de marin, qui donnait la main à son papa et se faisait un peu traîner.

« Papa, dit la voix d'enfant, n'allons pas si loin de ce côté-là, nous manquerions le feu d'artifice. »

Le feu d'artifice! Ces mots illuminèrent *a giorno* l'intellect de Sylvain. Tous les petits garçons aiment les feux d'artifice, Rémy devait les aimer comme les autres, sans aucun doute.

Sept minutes plus tard, le cuirassier Bricaud pénétrait dans la chambre du charbonnier.

« C'est encore moi, dit-il en entrant, mais je vais vous dire pourquoi je suis revenu. Tiens! il paraît que ça va mieux, » ajouta-t-il en voyant le malade qui était en train de boire une tasse de bouillon, assis sur son séant, dans son lit.

Le malade fit un signe de tête, sans détacher ses lèvres des bords de la tasse. Il buvait lentement, il savourait avec délices, en poussant de temps à autre de petits soupirs de satisfaction, quand il lui fallait reprendre haleine.

Lorsqu'il eut fini, il tendit sans façon la tasse vidée, en disant : « Ça fait du bien par où ça passe. »

Sylvain prit la tasse avec un joyeux empressement. Un malade qui plaisante, on sait ce que cela veut dire! c'est qu'il va mieux. Avec une promptitude de décision qui l'aurait bien surpris lui-même, s'il avait

eu le temps d'y réfléchir, Sylvain saisit l'occasion aux cheveux pour se faire octroyer ses grandes entrées chez les Menaut.

« Ça va « si tellement » mieux, dit Sylvain au charbonnier, que demain vous serez sur pied. Si ça ne vous fait rien, je viendrai tout de même prendre de vos nouvelles.

— Tu viendras tant que tu voudras, mon camarade, et plus tu viendras, plus tu nous feras honneur à tous. Et... si tu veux me faire un grand plaisir, tu me diras *toi*, parce que, vois-tu... » Il n'acheva pas; mais les larmes qui lui vinrent aux yeux, le tremblement de sa voix et la longue poignée de main qu'il donna à Sylvain, en disaient cent fois plus long que la phrase la mieux tournée et la plus ronflante.

« Je te dirai *toi*, répondit Sylvain dont le cœur nageait dans la joie; et puis, sais-tu, mon vieux? ta petite sera comme qui dirait ma filleule...

— Elle m'a expliqué tout ça, » reprit le charbonnier en désignant d'un signe de tête Mme Vérité, qui s'était assise au pied du lit en voyant Sylvain usurper gaillardement ses fonctions d'infirmière, et qui, pendant tout le dialogue, n'avait cessé de sourire et de faire des signes de tête.

« Et puis, ajouta le charbonnier d'un ton confidentiel, je crois que je vais faire encore un somme. De ma vie ni de mes jours je n'ai tant dormi à la fois, et c'est rudement bon de dormir son soûl. Sans affront à personne, bonsoir la compagnie! »

Il se recoucha tout seul, comme un homme; Sylvain le borda comme un enfant et fit des yeux de cuirassier stupéfait, quand il vit que le père de sa filleule, après deux ou trois petits trémoussements de bien-être, était subitement retombé dans un profond sommeil.

Alors, sans préambule et sans exorde, il tira de sa poche de côté son livret de caisse d'épargne et le tendit brusquement à Mme Vérité, en disant : « Voudriez-vous me garder ça? Ce sera plus en sûreté chez vous qu'au quartier. Les tentations, madame Vérité, les tentations... On se connaît, n'est-ce pas?

— Je m'en vais vous indiquer un moyen de ne point faillir, tout en gardant votre livret, dit Mme Vérité en souriant. S'il fallait absolument le prendre pour vous rendre service, je le prendrais, quoique sept cents francs soient une bien grosse somme. Avec une responsabilité comme celle-là, je ne dormirais plus que d'un œil, et à mon âge, on ne dort pas déjà tant.

— Je n'avais pas pensé à cela, répondit Sylvain d'un ton respectueux; pardonnez-moi, madame Vérité, mais dites-moi ce que je dois faire.

— Vous allez me donner, à moi, votre parole de ne pas toucher à cet argent-là

IL S'ATTELA AU BRAS DE LA POMPE

sans me dire le pourquoi et le comment.

— Eh bien, je vous la donne.

— Et puis, reprit Mme Vérité d'un ton insinuant, pendant que nous y sommes, vous allez me promettre autre chose. »

Sylvain vit tout de suite où elle en voulait venir, et cela lui donna la « chair de poule ».

« Oh non ! madame Vérité, je vous vois venir, ne me demandez pas cela. Vous connaissez mes idées ; à quoi voulez-vous que cela me serve de savoir lire et écrire ?

— A rien du tout, répondit Mme Vérité avec un sourire plein de malice. Aussi, en vous demandant cela, ce n'est pas vous que j'ai en vue. Est-ce que ce ne serait pas gentil, quand Sylvine, quand votre filleule sera en âge, de lui montrer à lire et à écrire ?

— Gentil n'est pas le mot ! s'écria Sylvain dans un subit accès d'enthousiasme ; ce serait magnifique ! ce serait « rigolo ».

— J'ai votre parole ? demanda Mme Vérité.

— Vous l'avez ! répondit chaleureusement Sylvain ; dès demain, j'attaquerai ça. Et puis, à propos de demain, voulez-vous m'autoriser aujourd'hui à emmener Rémy voir le feu d'artifice ?

— C'est que...

— C'est que... quoi ?

— Dame ! c'est qu'il n'a pas d'habits de rechange, et ceux que vous lui avez vus sur le corps ne sont pas pour vous faire honneur devant le monde.

— Je m'en bats l'œil, répondit Sylvain en faisant claquer ses doigts, pour bien montrer le peu de cas qu'il faisait de l'opinion publique. Ceux qui ne seront pas contents, viendront me le dire. »

Quand Sylvain ramena Rémy, après le feu d'artifice, il demanda à Mme Vérité la permission de prendre la chandelle une minute, rien qu'une minute, pour regarder dormir Sylvine dans son petit berceau. Il était bien laid et bien misérable pour être le berceau d'une jolie petite fille qui dormait si « mignonnement ». La question du berceau préoccupa Sylvain, comme elle avait préoccupé le capitaine vingt-deux ans auparavant. Il se dit qu'il faudrait voir à changer ça.

Le cuirassier Bricaud, quoiqu'il eût en poche sa permission de minuit, rentra au quartier un peu après dix heures. En se mettant au lit, il songea, sans savoir pourquoi, au sous-lieutenant Robinot, et les paroles de ce brave ami lui revinrent en mémoire : « Bricaud, tu serais un soldat parfait, si tu avais quelque chose pour te tenir, en dehors du service ! »

Il avait maintenant quelque chose pour le tenir ! Et c'eût été une grande joie pour lui de le faire savoir au sous-lieutenant Robinot. Mais il ne pourrait jamais charger Camuseur d'écrire cela. Camuseur se mo-

querait de lui et l'appellerait poule mouillée, ou bien il s'imaginerait que lui, Bricaud, cherchait à se faire valoir.

« Eh bien, sapristi, se dit-il en posant sa tête sur l'oreiller, je lui écrirai moi-même, un de ces jours ! »

L'idée d'écrire lui-même le fit rire tout haut, et il se cacha bien vite la tête sous sa couverture pour n'être pas entendu ; il s'endormit enfin, le sourire sur les lèvres, en pensant à cette petite fossette que Sylvine avait au menton ; et chose extraordinaire, ce ne fut pas de Sylvine qu'il rêva, du moins dans les premières heures.

Il était en esprit à Sivaud-le-Hameau ; il se promenait au grand soleil avec le capitaine ; le hasard de la promenade les avait amenés du côté des marais Brenoux. Sylvain ne reconnaissait pas très bien l'endroit, parce qu'il y avait de grands arbres autour des marais, et qu'au lieu d'avoir une forme vague et indécise, comme autrefois, les marais eux-mêmes formaient un grand carré long, absolument comme la pièce d'eau des Suisses. Le capitaine se moquait de Sylvain, mais il n'avait pas l'air fâché du tout. Pourquoi se moquait-il de Sylvain ? C'est peut-être que Sylvain avait dit quelque sottise ; M. Poffre (comment diable se trouvait-il avec eux ? Il n'y était certainement pas tout à l'heure) disait au capitaine : « Vieux chêne, ça peut être drôle, mais vous ne pouvez toujours pas dire que c'est mal de sa part. Voyons, soyez raisonnable.

— Mal ! oh ! mon Dieu, non ! mais c'est si drôle de le voir accroupi sur un banc, comme un singe, et plié en deux comme un têtard, à se casser la tête sur un livre. »

Sylvain allait lui demander qui est-ce qui était comme ça, accroupi et plié en deux, car il ne voyait personne auprès du marais, excepté eux trois, lorsque, à sa grande surprise, il s'aperçut qu'il était assis sur un banc, dans la salle d'école de Sivaud-le-Bourg. Il la connaissait bien, pour y avoir souvent jeté des coups d'œil méprisants par la fenêtre ouverte, à l'époque où il allait apprendre son catéchisme chez la femme de l'épicier.

Il était donc assis tout seul sur un banc devant la chaire, en petite tenue. Toutes les personnes présentes, et il y en avait beaucoup, étaient en petite tenue, y compris le sous-lieutenant Robinot. C'était M. Poffre qui se tenait assis dans la chaire, et il disait à Sylvain qu'il ne saurait jamais lire de sa vie s'il n'apportait pas plus d'attention à ce qu'il faisait ; Sylvain se sentait rempli de bonne volonté, mais son attention était distraite par un trop grand nombre d'objets extraordinaires et il ne pouvait pas s'empêcher de se demander pourquoi tous les habitués de l'école régimentaire se trouvaient réunis dans la salle d'école de Sivaud-le-Bourg ? Pourquoi M. Poffre était en uniforme de cuirassier ? Comment il s'y prenaît pour mettre sa cuirasse, avec sa taille courbée en deux ? Pourquoi il portait sur ses manches les galons de sous-officier ? Pourquoi le sous-lieutenant Robinot causait avec le capitaine Faret ? Ce qu'il pouvait bien lui dire ? Et pourquoi le capitaine Faret portait aussi l'uniforme de cuirassier, lui qui avait servi dans les grenadiers ? « Allons, Bricaud ! sapristi, cria le sous-officier Poffre, un peu plus d'attention ! » Sylvain se pelotonnait sur lui-même avec tant d'énergie, pour concentrer son attention sur son livre, que toutes les jointures de ses membres en craquaient. Mais, en dépit de tous ses efforts, il ne put s'empêcher d'entendre le sous-lieutenant Robinot dire à demi-voix au cuirassier Faret : « Voyez-vous, l'ancien, tout cela a bien changé dans l'armée depuis que vous êtes parti. Autrefois, c'était très bien de ne pas savoir lire ; mais, à l'heure qu'il est, il faut qu'un homme sache lire ; il est honteux de ne pas savoir lire. Comprenez-vous ? — Oui, mon lieutenant, répondit le cuirassier Faret avec déférence. Du moment que c'est honteux, ça ne doit pas être. Tu entends, Sylvain ? »

Ici les idées du dormeur se brouillent, toutes les images se fondent et se confondent, et le dormeur n'a plus conscience de rien. Au bout d'un certain temps (combien ? cinq minutes ? cinq heures ? cinq ans ?) Sylvain se retrouve au bord des marais Brenoux, transformés, comme la première fois, en pièce d'eau des Suisses ; il y a longtemps qu'il n'y est venu, car il sait lire et écrire, et il donne des leçons à Sylvine.. Sylvine a l'âge de la petite fille du capitaine Vallier (que Sylvain trouve si jolie, mais qu'il lui faut admirer de loin seulement). Donc, Sylvine est jolie comme Mlle Jeanne, mutine comme elle ; elle porte le même petit costume, qui laisse voir deux petites jambes nues. Sylvine veut bien prendre sa leçon, mais à condition que son parrain l'attrapera à la course. Et la voilà partie, riant aux éclats, courant de toutes ses forces, la tête à demi tournée en arrière, pour voir si son parrain ne triche pas et s'il court après elle. Quand on tourne la tête, on ne voit pas devant soi : Sylvine court droit au marais. Sylvain voit le danger, il veut crier, mais ses cris lui restent dans le gosier ; il veut courir plus fort, mais ses jambes sont lourdes comme du plomb. Au moment où Sylvine va disparaître dans les marais Brenoux, une sonnerie de trompette résonne, et le cuirassier Bricaud ouvre les yeux.

CHAPITRE XII

D ANS le département Noir, tous les gens de la campagne croient aux songes et y voient une image de l'avenir. Sylvain ne manque pas d'interpréter les siens : 1º il saurait lire un jour, le songe le disait clairement, et cela lui donnait bon courage par avance ; 2º son parrain ne lui garderait pas rancune pour avoir appris à lire ; c'était une grave préoccupation qui lui était retirée de l'esprit ; 3º Sylvine échapperait aux périls de la dentition, des convulsions et de toutes les maladies de l'enfance, au moins jusqu'à l'âge de la petite fille du capitaine Vallier. Il prévoyait pour cette époque-là quelque grand danger, auquel elle échapperait (puisqu'il ne l'avait pas vue de ses yeux tomber dans les marais Brenoux). Le plus pressé, c'était de régler les affaires courantes. Aussi, quand il eut accompli tous les devoirs du parfait cuirassier, il s'en alla tout droit à la *Renommée des Cochons de lait*.

Mme Carminaz n'était pas au comptoir ; mais, par une porte vitée, Sylvain l'aperçut dans une petite pièce où elle se retirait volontiers, à ses heures de loisir, pour méditer en paix, ravauder des bas, composer le menu du lendemain et écrire à son fils unique, Napoléon Carminaz, qui naviguait sur la mer profonde avec le titre de gabier.

Sylvain frappa à la vitre et s'introduisit, sur autorisation verbale, dans le sanctuaire de Mme Carminaz.

« Madame, lui dit-il, j'ai dépensé hier mon argent à droite et à gauche et je n'ai pas sur moi de quoi payer ma note. Mais donnez-la-moi tout de même, que je sache ce que je dois retirer jeudi prochain de la Caisse d'épargne.

— Rien ne presse, lui dit obligeamment Mme Carminaz.

— Faites excuse, madame Carminaz, on doit toujours être pressé de payer ses dettes, surtout... ma foi, je ne sais pas comment tourner ça... surtout quand on est comme qui dirait sûr de ne plus revenir dans la maison où l'on doit.

— J'espère que vous n'avez eu à vous plaindre de rien ici.

— Oh ! pour ça, non, par exemple. Si je ne reviens pas aux *Cochons de lait*, ce n'est pas pour aller ailleurs, c'est parce que... je suis forcé de faire des économies.

— Je sais pourquoi, dit Mme Carminaz. Ne cherchez pas à vous cacher de ce que vous faites. J'ai vu la mère Vérité ce matin et nous avons causé de vous et de cet homme qui... L'avez-vous vu aujourd'hui ?

— Non, madame Carminaz.

— Eh bien, il va déjà beaucoup mieux. Ah ! monsieur Bricaud, ah ! mon brave garçon, si j'avais une fille de dix-neuf ans, je vous dirais tout net : « Monsieur Bricaud, voulez-vous être mon gendre ? » Mais je n'ai pas de fille. Ne rougissez pas comme cela, monsieur Bricaud. J'ai un fils, que j'aime bien, et dont je suis plutôt fière ; j'en serais encore plus fière s'il vous ressemblait. »

Sylvain, trop ému pour répondre, regardait vaguement le puits de la cour à travers la fenêtre. Mme Carminaz eut la délicatesse de couper court. « Votre note, dit-elle, est bien simple: six déjeuners à 3 fr. 50 par tête, prix convenu, 21 francs net.

— Vous oubliez quelque chose, dit Sylvain.

— Quoi donc ?

— Les siphons d'eau de Seltz et les carafons d'eau-de-vie que vous avez servis à ces messieurs après mon départ.

— Tiens, c'est vrai, » dit Mme Carminaz, qui se mit à rire pour cacher son embarras. Car Mme Carminaz avait essayé d'escamoter cet article au profit du fonds de réserve de Sylvain.

Sylvain se disposa à prendre congé.

« Ce n'est pas adieu, c'est au revoir ! lui dit Mme Carminaz. Vous viendrez bien de temps en temps me dire un petit bonjour ? Ne faites pas le fier avec une vieille amie. Si vous vouliez me faire le plaisir, l'honneur, de venir de temps en temps dîner avec un ou deux amis...

— C'est impossible, répondit Sylvain en rougissant.

— Oh ! pas dans la salle de tout le monde, ici, dans ma salle à moi, entre nous. Allons, dites oui. »

Ne sachant comment faire pour dire non sans désobliger une si brave femme, le cuirassier dit « oui » ; Mme Carminaz le remercia plus de dix fois pour avoir bien voulu condescendre à dire « oui ».

Menaut s'exerçait à marcher dans la boutique pour tâcher de retrouver peu à peu ses jambes et ses forces.

« Ménage-toi, lui dit le cuirassier Bricaud. Rien ne te presse. »

Sylvine, bien à l'aise sur son tas de sciure de bois, n'eut pas plutôt aperçu son parrain, qu'elle lui tendit les bras en gazouillant. Il était impossible de voir une petite fille plus jolie et plus mal fagotée. Rémy était occupé à ranger la chambre de son père. « C'est très bien, lui dit Sylvain en hochant la tête et en lui donnant une poignée de main. Où est Mme Vérité ?

— Au soleil, à sa porte, au fond de la cour.

— C'est bon, » répondit Sylvain. Et il traversa gaillardement la cour, portant Sylvine dans ses bras et, comme le mulet de la fable, « glorieux d'une charge si belle. »

« Eh bien, madame Vérité, voilà Menaut debout. Notre marché tient toujours ; je suis prêt à lui avancer ce qu'il lui faudra pour ravitailler sa boutique qui en a grand besoin, c'est-à-dire je serai prêt jeudi ; car les gens de la Caisse d'épargne ne rendent pas l'argent tous les jours ; mais, si c'est pressé, il y a, pas loin d'ici, quelqu'un qui me prêterait la somme.

— Voyez comme ça se trouve, il y a justement pas loin d'ici quelqu'un qui a parlé à son fournisseur de bois et de charbon ; comme ce quelqu'un-là est une bonne pratique, le marchand fournira à crédit ; et en considération de ce que Menaut est impotent pour le quart d'heure, les hommes du marchand de bois se sont offerts pour apporter la commande cette après-midi. Votre bassinoire a fait dans le quartier plus de bruit qu'elle n'est grosse, et pourtant c'est une maîtresse bassinoire.

— C'est « bisquant » tout ce tintamarre-là, grommela Sylvain en fronçant les sourcils, et si j'avais su...

— Si vous aviez su, vous auriez agi de même. N'est-ce pas, Sylvine, qu'il aurait agi de même ? »

Sylvain regarda Sylvine, et s'avoua à lui-même qu'il aurait subi bien d'autres avanies, pour acheter le droit de l'appeler sa filleule.

« Eh bien, madame Vérité, reprit-il avec un soupir de résignation, ce qui est fait est fait. Mais il faut que je vous quitte, parce qu'ils m'ont écrit mon nom sur leur feuille, vous savez pour leur école réglementaire (il voulait dire « régimentaire », mais peu importe), et ce ne serait pas poli de leur fausser la politesse, surtout pour la première fois ! »

Qui fut bien surpris, cette après-midi-là ? Ce fut le personnel enseignant de l'école régimentaire quand il vit apparaître ce nouveau disciple, au beau milieu de l'année. Et le personnel enseigné ne fut pas moins surpris que le personnel enseignant.

Le plus surpris de tous, ce fut le cuirassier Bassinoire, quand le maréchal des logis Tiffard lui demanda ses noms et prénoms, et ses surnoms aussi, vu qu'ils se connaissaient de longue date, et qu'ils se rencontraient tous les jours. Mais le règlement portait que le maréchal des logis devait demander les noms et prénoms de l'impétrant, pour les transmettre au chef d'escadron Moinot, inspecteur en titre de l'école régimentaire, et le maréchal des logis Tiffard ne connaissait que la consigne.

Autre surprise ! voilà que le brigadier Mingard lui demande le numéro de son escadron, le brigadier Mingard à qui il avait payé à boire un dimanche, à l'enseigne du *Sapeur*, à l'entrée de Montreuil. Comme le cuirassier Bassinoire, étonné de la question, souriait au brigadier Mingard d'un air de bonne humeur, le brigadier Mingard répéta sa question avec une froideur officielle, et le cuirassier Bassinoire, glacé de cette froideur surnaturelle, répondit sèchement: « Troisième escadron.

— Troisième escadron ! répéta le brigadier Mingard ; moniteur Minoré, voilà un homme pour vous. »

Le moniteur Minoré, bachelier ès lettres, engagé volontaire, fit passer son monocle de l'œil droit à l'œil gauche et demanda au cuirassier Bassinoire où il en était de son instruction, dans quelle catégorie il désirait être placé, et s'il n'était pas atteint d'aliénation mentale pour venir, comme ça, en fin d'année, bouleverser tous les cours.

Le cuirassier Bassinoire aurait aimé à lui demander ce qu'il entendait par catégorie et aliénation mentale. Il aurait aimé à lui rappeler que lui, cuirassier Minoré, l'avait appelé son sauveur et son frère, certain soir où, ayant trop bien dîné chez des amis de sa famille, boulevard de la Reine, il cherchait le quartier de la rue Royale, au beau milieu d'un champ de navets, au delà de la grille de Saint-Germain. Et pourtant, en bonne justice, le moniteur Minoré ne pouvait réellement pas voir, sans déplaisir, arriver un traînard, incapable de suivre le gros de l'armée, et destiné par conséquent à former une division à lui tout seul.

Quand Sylvain fut assis, le moniteur, dont la vexation s'était déjà évaporée, car il était bon enfant, se pencha vers le néophyte: « Attends un instant, mon vieux, je vais donner aux autres de quoi s'occuper, et je serai tout à toi. »

Le cuirassier Bassinoire n'était pas rancunier. Ces paroles bienveillantes lui rendirent sa bonne humeur ; il sourit discrètement, et demeura immobile sur son banc, les deux bras croisés sur la table, en attendant son tour, les yeux fixes et les oreilles grandes ouvertes.

Le moniteur, ayant dicté un problème, se glissa auprès de Sylvain, ouvrit devant lui un alphabet, à la première page.

Pendant que les cuirassiers de la division supérieure ahannaient sur leur problème, fronçaient leurs sourcils, contractaient la peau de leurs fronts, hérissaient leurs cheveux et échangeaient des regards de détresse, le moniteur, assis côte à côte avec la seconde division, lui disait, en plaçant le bout de son index au-dessous de la lettre A: « Tu vois bien cela, cela s'appelle un A.

— Et puis, cela, c'est un B.

— Bon ! ça s'appelle un B.

— Et puis cela, c'est un C.

— Bon ! ça s'appelle un C.

— Ainsi donc, A, B, C, reprit le moniteur, dont l'index fit une courte halte sous chacune des lettres dénommées.

— Ainsi donc A, B, C, répondit docilement la seconde division, en reproduisant jusqu'à l'intonation du moniteur.

— Et puis D.

— Et puis D.

— Tu as bien compris ?

— Oui, je crois.

— Bon ! Eh bien, qu'est-ce que c'est que cette lettre-là demanda le moniteur en désignant le C.

— C'est un A, » répondit tout naturellement la seconde division.

Le moniteur haussa les épaules ; mais, à part ce geste d'indignation professionnelle, il ne montra pas trop de sévérité. Il se souvenait peut-être du jour où la seconde division l'avait trouvé là-bas, dans ce champ de navets, au delà de la grille de Saint-Germain.

Comme la première division commençait à s'étirer les jambes, à faire craquer les jointures de ses doigts, et à chuchoter, tout bas d'abord, et puis plus haut, et puis plus haut encore, le moniteur en conclut que le problème était résolu.

« Repasse bien cela à toi tout seul, dit-il à la seconde division, je vais leur expliquer leur affaire, et puis je reviendrai voir où tu en es.

— C'est ça, » répondit la seconde division.

Pour n'être point distraite par les explications du moniteur et par les observations quelquefois saugrenues de ses disciples, la seconde division se mit résolument les pouces dans les oreilles. Et alors, elle répéta à satiété A, B, C, D, regardant chaque lettre sous le nez avec de prodigieux efforts de vision, comme on fait quand on dévisage une personne afin d'être bien sûr de la reconnaître une autre fois. Puis la seconde division fermait les yeux de toutes ses forces, et répétait mentalement A, B, C, D, puis elle rouvrait brusquement les yeux pour voir si c'était bien ça. Elle y mettait une si violente énergie, la seconde division, que la sueur lui en perlait aux tempes !

Quand elle se fut bien logé la forme des lettres dans l'œil et le son dans l'oreille, elle commença à se faire des attrapes à elle-même, en cachant trois lettres sous ses doigts et en n'en laissant paraître qu'une. Quand elle avait dévisagé la lettre, elle l'appelait par son nom ; après quoi elle vérifiait, en répétant A, B, C, D. Quelquefois elle tombait juste, et quelquefois elle se trompait, et alors, selon le succès, elle passait de l'espérance au désespoir ou du désespoir à l'espérance. Pour procéder à ce jeu de cache-cache, elle avait été obligée de retirer ses pouces de ses oreilles, mais son attention était si absorbée par le peloton A, B, C, D, qu'elle n'entendait plus rien.

CHAPITRE XIII

CEPENDANT les écoliers de la première division, j'entends ceux dont les problèmes avaient été vérifiés et contrôlés, s'ingéniaient à égayer leurs loisirs. Car tous les écoliers sont partout les mêmes.

La première division, donc, pour se distraire, commença à lancer de menus projectiles sur la seconde, à lui allonger des coups de pied dans les chevilles, à lui asséner de bons coups de règle sur les doigts et dans les côtes, à l'appeler Bassinoire!

Bassinoire impassible répétait éperdument A, B, C, D, s'obstinait à se faire des attrapes, et finissait par réussir presque à tous coups.

Tout à coup le bachelier Minoré regarda à sa montre, étouffa un bâillement derrière sa main et donna un quart d'heure à la première division pour transcrire le problème corrigé sur le cahier destiné à passer sous les yeux du chef d'escadron inspecteur, peut-être même sous ceux du colonel. Ensuite il revint au cuirassier Bassinoire et lui fit subir un examen.

Assez satisfait de son nouvel élève, il lui présenta et lui nomma la lettre E ; après quoi il se promena gravement les mains derrière le dos.

Sylvain sortit de cette première séance, les tempes serrées, l'échine rompue, les membres engourdis, mais le cœur épanoui: le bachelier Minoré, touché de sa patience et de sa bonne volonté, lui avait affirmé que, s'il continuait comme cela, il saurait certainement lire un jour et écrire aussi.

Il passa le reste de l'après-midi au quartier, où il avait à s'acquitter de quelques menus devoirs professionnels.

Après la soupe, il sortit pour prendre l'air: les gens d'étude ont besoin d'exercice pour se reposer le cerveau et se rafraîchir les idées. Tout naturellement, il enfila la rue de l'Orangerie, laquelle aboutit à la rue de Satory, laquelle aboutit à la rue du Vieux-Versailles.

Mais, Seigneur Dieu! que l'aspect de la rue de l'Orangerie avait changé depuis quelques heures, c'est-à-dire depuis le moment où le cuirassier Bassinoire, entré complètement ignorant à l'école régimentaire, avait fait la connaissance intime des cinq premières lettres de l'alphabet!

Jusque-là les enseignes des magasins n'avaient pas un seul instant arrêté ses regards, parce que, pour lui, c'étaient des détails absolument insignifiants et qui se perdaient dans l'ensemble de l'architecture. Mais, à cette heure, il ne voyait qu'elles. Toutes ces lettres qui s'étalaient là, noires, vertes, rouges, dorées, elles étaient toutes dans son alphabet; toutes, le bachelier le lui avait affirmé. Mais alors! si elles y

étaient toutes, les siennes à lui y étaient aussi! Il eut comme un éblouissement, en reconnaissant un A, deux A, trois A! Il lui sembla découvrir des visages amis au milieu d'une foule indifférente. Il reconnut des B aussi et des C ; et puis, voilà un D! Et puis des E à foison!

Le jour baissait; Sylvain s'en alla au quartier pour poser sur l'oreiller de sa couchette une tête de cuirassier pleine d'un trouble délicieux.

Versailles a son aspect ordinaire pour tout le monde, sauf pour Sylvain. Le trompette de service sonne le réveil et le couvre-feu comme par le passé, mais le réveil et le couvre-feu n'ont plus le même sens pour Sylvain ; et l'espace compris entre ces deux sonneries, soit du soir au matin, soit du matin au soir, est rempli pour lui d'une foule de faits nouveaux et de pensées nouvelles.

Sylvain est le même homme et ce n'est pas du tout le même homme. Il n'a pas changé, en ce sens que c'est toujours un cuirassier modèle et un camarade exemplaire. Il a changé en ce sens qu'on ne le voit plus jamais à certains endroits, ni en certaines compagnies, et qu'on le voit continuellement à un certain numéro de la rue du Vieux-Versailles où il n'avait jamais mis les pieds avant la visite des quatre chasseurs de Saint-Germain.

Ses anciens amis de plaisir se moquent de lui et deux légendes égayent les cuirassiers les plus maussades du « quartier de cavalerie » de la rue Royale.

Une des légendes prétend que le cuirassier Bassinoire s'est fait nourrice sèche dans une famille riche.

L'existence de cette légende a été longtemps attestée par un document écrit. A l'entrée de Trianon, il y a un poteau officiel. Ce poteau officiel est surmonté d'une plaque de bois sur laquelle est affiché un exemplaire du règlement, qui apprend aux visiteurs quels sont leurs droits et quels sont leurs devoirs. Au bas de cette affiche, entre le texte du règlement et la signature du gouverneur, les touristes de tous les pays ont pu lire, pendant plus de vingt ans, les mots suivants, tracés au crayon, d'une écriture qui ressemblait terriblement à celle du cuirassier Camuseur: « *Mme Bassinoire, nourrice sèche. S'adresser rue Royale, au quartier de cavalerie.* »

La seconde légende disait ceci: « *Bassinoire s'éduque et trésorise* » (lisez: thésaurise).

Cette légende aussi a laissé sa trace manuscrite et authentique, écrite à la craie, sur différents murs de jardins et différentes portes cochères du boulevard de la Reine, et

PAR UNE PORTE VITRÉE, SYLVAIN L'APERÇUT

cela à une telle hauteur, que le calligraphe devait être un homme de haute taille, un cuirassier par exemple. Les experts en écriture ont prétendu reconnaître la main du cuirassier Brûlot. Il avait donc tracé les mots suivants, d'une cursive irritée: « *Bassinoire, ambitieux,* » et au-dessous: « *Bassinoire trésorise.* »

Bassinoire riait des légendes, qu'il trouvait drôles et dont il ne se sentait nullement offensé. Bassinoire ne prit pas la peine d'effacer les inscriptions, même quand il fut en état de les lire de ses propres yeux. Bassinoire se précipitait vaillamment sur l'avenir, tel qu'il l'avait préparé de ses mains, aussi vaillamment qu'il aurait chargé un carré d'infanterie ennemie.

. . . .

A Sivaud-le-Hameau, rien n'était changé. Les marais de Brenoux continuaient à décimer le pauvre monde. Le grenadier de la garde montait sa faction avec une constance infatigable à la porte du château d'Austerlitz, sans seulement cligner la paupière. Le capitaine Faret s'obstinait à se tenir droit comme un I, ayant fait, ce semble, un ferme propos de mourir debout. A l'époque réglementaire, il alla trouver M. Poffre, et le chargea de faire passer à Sylvain la somme destinée à l'achat du fil et des aiguilles. M. Poffre, comme d'habitude, le taquina sur cet argent que le capitaine jetait de gaieté de cœur dans un gouffre sans fond.

Un jour, le capitaine reçut une lettre de Versailles et la porta à M. Poffre.

« Hum ! fit M. Poffre, en regardant l'adresse.

— Qu'est-ce que tu as encore à faire hum ?

— Le cuirassier a changé de secrétaire.

— Ma foi, si le sien était aussi pervers et aussi rétif que le mien, il a joliment bien fait. Non, ne me remercie pas pour le compliment, tu le mérites.

— C'est écrit à l'encre bleue.

— Le bleu est une jolie couleur que j'aime, répondit tranquillement le capitaine.

— C'est écrit par une femme.

— Je connais certaines femmes qui valent mieux dans leur petit doigt que certains hommes dans toute leur personne. Ma mère était une femme ; la tienne aussi, je suppose, quoique tu ressembles plutôt au fils d'une singesse ; ta fille est une femme également. Pour lors, qu'est-ce que tu as à dire ? Rien. Ouvre-moi ça, et dis-moi ce qu'il y a d'écrit. »

Ainsi mis en demeure, le secrétaire s'exécuta, en faisant une vilaine moue.

« Mon parrain, j'ai reçu l'argent et je vous envoie mes remerciements. N'ayant pas Camuseur sous la main, et puis d'ailleurs Camuseur m'ayant dit qu'il mettrait des farces et des polissonneries dans mes lettres, je ne veux pas vous faire affront, même sans le savoir, et c'est pour cela que j'ai prié Mme Carminaz (« Drôle de nom ! dit Poffre. — Et Poffre donc ! riposta le capitaine, ça ressemble à Coffre ! ») de tenir la plume pour moi. Je me porte bien, et j'espère que la vôtre est bonne également. Je me plais toujours bien au régiment, et je contente mes chefs.

« Votre filleul respectueux. »

« Voilà ce que j'appelle une bonne lettre, dit gravement le capitaine. Rends-la-moi, que je la mette avec les autres.

— Attendez, vieux chêne, dit M. Poffre. Il y a une autre lettre sur le second feuillet.

— Lis-la-moi !

— « Monsieur, vous ne devez pas être en peine de savoir ce que fait votre filleul, si loin de vous, car vous le connaissez mieux que moi, puisque c'est vous qui l'avez élevé, et l'on voit bien qu'il a toujours été incapable d'avoir une mauvaise pensée et de commettre une mauvaise action. Malgré cela, il est toujours agréable d'entendre dire du bien de ses enfants, car c'est quasi votre enfant. J'ai un fils de trente-huit ans ; il est dans la marine, et je suis fière de lui, parce que je sais qu'il n'a jamais fait le mal volontairement. Le vôtre ne s'arrête pas à ne pas faire le mal, il fait le bien ; il a sacrifié son plaisir et son temps pour tirer de peine une famille de malheureux. Il a sacrifié son plaisir et son temps, à un âge où les meilleurs sont quelquefois si emportés et si sauvages. Et avec cela, il n'est pas de ceux qui disent : « Moi, j'ai fait ci, moi, j'ai fait ça. » Il se cache de bien faire. Ne lui dites pas un mot de ce que je vous écris, ça lui ferait de la peine et puis il n'aurait plus confiance en moi ; et un jeune homme de son âge, même un brave jeune homme comme lui, peut tirer profit des conseils d'une honnête mère de famille.

« Je vous demande excuse de la liberté à cause de la bonne intention, et je suis votre humble servante.

« Veuve Carminaz, née Drumod. »

— Eh bien, qu'est-ce que tu dis de ça, vieux mulet ? demanda le capitaine d'une voix un peu tremblante.

— Je dis... je dis que Bricaud vous fait honneur !

— Voyez-vous ça ! il dit que Bricaud me fait honneur, c'est bien heureux. Et, dis-moi, si nous lui demandions à la prochaine occasion ce qu'il fait de son argent ? hein ?

— On ne peut pas dire qu'il en fasse un mauvais usage, mais la prudence...

— Au diable la prudence ! s'écria le capitaine avec emportement. Si tous les hommes se mettaient à être prudents, le monde serait une sale épicerie, et... et il n'y aurait plus d'armée possible. Je ne te demande pas de comprendre ce qui est au-dessus de ta portée, vu que tu n'as jamais eu l'honneur d'être militaire. Tout ce que je te demande, c'est de ne pas dire un mot de tout cela à âme qui vive. Un secrétaire, c'est fait pour garder les secrets ! »

M. Poffre promit de se montrer digne du titre de secrétaire.

Il y avait trois mois que Sylvain exécutait des charges à fond de train contre son abécédaire. Le proverbe a bien raison de dire : les armes sont journalières. Tantôt le vaillant cuirassier chargeait en plaine, et alors « ça allait comme sur des roulettes » ; tantôt il culbutait dans un fossé, dans un ruisseau, dans un marécage. Alors il se ramassait sans rien dire, une rage sourde dans le cœur, mais absolument décidé à n'en pas démordre. Il ne disait jamais rien de ses échecs ; mais, les jours où il avait fait la culbute, Mme Vérité le devinait à son air sombre et préoccupé, et elle lui mettait Sylvine entre les bras.

Il venait d'enfoncer le carré redoutable qui a pour première ligne de bataille : *ba, be, bi, bo, bu*, et pour dernière ligne : *za, ze, zi, zo, zu*, lorsque la mauvaise étoile du bachelier Minoré lui amena un nouvel illettré à dégrossir. C'était le remplaçant de Camuseur. Le père de Camuseur, maltraité par un de ses chevaux, était devenu impotent et avait racheté son héritier, pour qu'il pût continuer son commerce.

Le nouveau venu était un bon gros rustre du Berry, natif d'Ecueillé, comme Camuseur, et valet de charrue dans une ferme. Il s'était vendu pour se débarrasser, en la mariant, d'une sœur qu'il avait sur les bras ; et une fois décidé à s'en aller à l'armée de la guerre, il avait résolu dans sa cervelle de tirer de son séjour au régiment le meilleur parti possible. Pour commencer, il avait manifesté le désir d'apprendre à lire et à écrire.

Quand le bachelier Minoré vit arriver cette troisième division, qui ricanait tout à la fois de plaisir et d'embarras, il fut sur le point de la prendre par les épaules et de la mettre à la porte ; mais, à la réflexion, il s'abstint prudemment de commettre cette illégalité, qui lui aurait coûté son titre de moniteur et les avantages qui y sont attachés.

« Assieds-là, toi, dit-il au Berrichon, en lui montrant une place à côté du cuirassier Bricaud. Et toi, Bricaud, ajouta-t-il, tu vas lui montrer ses lettres. »

Le Berrichon s'assit en ricanant.

Le cuirassier Bricaud ne souffla mot, mais cette proposition ne le combla pas de joie. Il était tout disposé à rendre service, mais il doutait furieusement de sa science.

Il faut croire que le bachelier Minoré, en sa qualité de bachelier, avait le don de lire les pensées des gens sur leur figure, car il répondit à celle du cuirassier Bricaud comme si l'autre l'eût formulée à haute et intelligible voix.

« Tu sais très bien tes commencements, lui dit-il, et ce que l'on sait bien, on est toujours capable de l'enseigner à plus ignorant que soi ; et puis, enseigner, c'est apprendre deux fois. »

Le Berrichon écouta cet axiome en ricanant ; la physionomie du sous-moniteur se rasséréna comme par enchantement.

Selon sa propre expression, le cuirassier Bricaud « se mit après » le cuirassier Gigon et fut content de son élève et de lui-même.

Une idée nouvelle naquit de cette expérience nouvelle, dans l'esprit de Sylvain. Et de cette idée nouvelle sortit une résolution toute formée, comme Minerve sortit toute armée de la cervelle de Jupiter.

La classe terminée, le cuirassier Bricaud allait se précipiter au dehors pour mettre sans délai son idée à exécution, lorsque l'esprit de charité d'une part, et d'autre part la conscience d'un devoir à accomplir, modérèrent son impatience. Etant le moniteur du cuirassier Gigon, il lui devait aide et justement le cuirassier Gigon avait besoin d'être consolé. Dès son apparition, les loustics du régiment, sous prétexte qu'il s'appelait Gigon, l'avaient immédiatement surnommé la mère Gigogne.

« Moi, lui dit Sylvain en souriant, ils m'ont appelé la Blanchisseuse, Victoirine, et ils m'appellent, à l'heure qu'il est, Bassinoire. Regarde-moi bien en face et dis-moi si ça m'a rendu malade ! »

La mère Gigogne se mit à rire. Du moment que son malheur n'était pas sans exemple, il lui paraissait moins lourd de moitié. Et l'autre moitié du fardeau disparut lorsqu'il regarda la belle et riante figure de son compagnon d'infortune.

« Ah ! dit le sous-moniteur, j'allais oublier quelque chose. » Et avec autant de patience que s'il n'eût pas été pressé de courir à l'accomplissement de sa résolution nouveau-née, il expliqua à la mère Gigogne le grand avantage qu'il y aurait pour lui à examiner les enseignes avec soin, tout en se promenant.

La mère Gigogne ne se le fit pas dire deux fois. Aussitôt dans la rue, elle se mit à examiner les enseignes des magasins, ricanant de plaisir quand elle y retrouvait une lettre de sa connaissance, et de dépit quand elle n'en retrouvait pas.

Les marchands qui flânaient sur leurs portes le regardaient avec stupeur, mais cela lui était bien égal.

Sylvain, ayant franchi la porte du quartier, tourna à droite, et, au bout de cinq pas, s'arrêta devant un magasin de papeterie et de librairie. Ayant fait l'emplette d'un alphabet il s'élança vers la rue du Vieux-Versailles, au pas accéléré. Puisqu'il était jugé capable d'instruire la mère Gigogne, il n'y avait pas de raison pour qu'il ne rendît pas le même service à Rémy !

Tout en faisant ces réflexions, il était arrivé rue du Vieux-Versailles.

« Ou est Rémy ? demanda-t-il à Mme Vérité, qui surveillait le sommeil de Sylvine.

— Je l'ai envoyé prendre l'air.

— Bon ! »

Sans plus d'explications, Sylvain ouvrit la porte de la cour et la referma, en s'appliquant à faire le moins de bruit possible.

Rémy, assis sur le rebord de l'auge de pierre, regardait courir les nuages sur le pan du ciel que découpaient les toitures des quatre corps de bâtiments. Ce spectacle gratuit l'intéressait tellement, qu'il ne s'aperçut pas d'abord de l'approche de son ami. Il ne tourna la tête et n'abaissa ses regards que quand le gravier grinça tout près de lui, sous les bottes du cuirassier.

D'une main tremblante de joie et d'émotion, le cuirassier tira maladroitement de la poche de son pantalon le bel alphabet tout neuf et le montra à Rémy, à la longueur du bras.

« Rémy, dit-il, aimerais-tu à savoir lire ?

— Oh oui ! monsieur Bricaud, » répondit Rémy avec une lueur dans le regard.

— Eh bien, s'écria Sylvain, je me charge de t'apprendre à lire. » Et, sans autre explication, il ouvrit l'alphabet à la première page, posa le bout de l'index sur la première lettre et dit : « Regarde-moi ça, de façon à le reconnaître toute ta vie. Ça s'appelle un A. Répète : A. »

Rémy répéta A, une vingtaine de fois.

« Ferme tes yeux, reprit le sous-moniteur ; le vois-tu bien dans ton idée ? Bon. Donne-lui son nom, les yeux fermés. Regarde-le maintenant pour mieux le connaître. Es-tu sûr de ne plus l'oublier ? Voyons, petit Rémy, en es-tu sûr ?

— Je le crois, monsieur Bricaud.

— C'est bon ! Va-t'en dans la rue, regarde l'enseigne du teinturier, et reviens me dire si tu y reconnais des A, et combien il y en a. »

Comme l'absence de Rémy se prolongeait, le moniteur fut saisi d'inquiétude à l'idée que l'élève avait tout oublié et que peut-être c'était la faute du professeur, qui avait voulu aller trop vite en besogne. Rémy reparut presque aussitôt.

« Tu as été longtemps parti, lui dit son professeur. Tu n'as peut-être pas trouvé ?

— Oh ! si, j'ai bien trouvé, répondit Rémy avec une noble fierté ; mais, comme je revenais, j'ai cru avoir perdu mon compte, et je suis retourné devant chez le teinturier. Il y a trois A sur son enseigne.

— C'est bien ça », dit Sylvain en hochant magistralement la tête.

Sur l'enseigne, on lisait en effet : ADAM, TEINTURIER DÉGRAISSEUR.

Grâce à l'heureuse combinaison de théorie et de pratique imaginée par Sylvain, les deux amis passèrent un bon bout de temps sans se fatiguer l'un de l'autre, et sans prendre l'alphabet en grippe. Rémy constata triomphalement qu'il n'y avait pas de B ni de C sur l'enseigne. Quand il eut constaté qu'il y avait deux D, Sylvain ferma le livre, en disant que c'était assez pour une fois. L'élève n'osa pas réclamer, mais le professeur lut dans ses regards qu'il en avait pourtant grande envie.

« Alors ! lui dit-il, tu seras content de savoir lire ?

— Oh oui ! monsieur Bricaud, répondit l'enfant avec ferveur ; quand on sait lire, on peut apprendre tout ce qu'il y a dans les livres. »

Sylvain le regardait sans rien dire, heureux d'un bonheur sans mélange.

« Et puis, reprit Rémy, je lirai de belles histoires à Sylvine, quand elle pourra comprendre.

— Oui, c'est ça, dit Sylvain en hochant doucement la tête en signe d'approbation.

— Et puis je pourrai lui apprendre à lire.

— Halte-là ! s'écria brusquement Sylvain en lui posant la main sur le bras. Apprendre à lire à Sylvine, c'est mon affaire... C'est le droit des parrains, ça ! tu entends bien, Rémy ?

— Oui, j'entends bien, répondit Rémy du ton le plus respectueux ; il n'y a pas de danger que je m'en mêle. »

CHAPITRE XIV

B ASSINOIRE, tu m'étonnes ! dit un jour à Sylvain le bachelier Minoré dans le tuyau de l'oreille. Il faudra que je te mette à l'écriture. »

Dès le lendemain, Sylvain trouva, après tant d'autres, que la plume est un outil bien gênant, bien capricieux et bien fallacieux.

Il commença d'abord par des bâtons mal alignés, entremêlés de pâtés copieux, puis par des bâtons mieux alignés, parmi lesquels les pâtés jouaient un rôle moins prépondérant, puis par des panses d'a, puis par des pleins et par des déliés, puis par des simulacres de lettres, qui peu à peu passèrent de l'état de fantômes à l'état de lettres véritables.

Quant à se servir de l'écriture pour exprimer sa pensée, il n'y fallait pas songer avant d'avoir mis le nez dans la grammaire. Ah ! dame, c'était bien un autre casse-tête que l'alphabet. Périodiquement, Sylvain se sentait pris d'étourdissements, comme s'il allait devenir fou.

Mme Carminaz, sans en rien dire, tenait

le capitaine au courant des prouesses de son filleul. Il ne fut donc qu'à moitié surpris, lorsqu'un an, jour pour jour après lui avoir lu la première lettre de cette digne femme, M. Poffre lui dit :

« Celle-là est signée *Sylvain Bricaud*. Ce n'est pas difficile à lire, sauf que l'orthographe est drôle. Mais il faut que ce soit un fameux lapin pour être parti de zéro et en être arrivé là.

— Commence par lire, lui dit le capitaine, tu feras tes réflexions après, si on te les demande.

— « Momparin, Cella est demoi. Jé apri a liréaécrir, maipa lortografencor. Jevoure merci dabor dlargen. Céjusté respetueu. Epui jevou fezasavoire quejé paapri cechosla par embicion mepour mocupé meloisir epour fercomtoulmonde ou apeupré. Epui onpeu rendservis a qelcun évou zait palom quiblamrasa.

» Gevouzanvoi merespec émézamitié respectueus.

« *Sylvain Bricaud.* »

— Ah ! les temps sont bien changés, Têtard, dit le capitaine, et Sylvain est obligé de faire comme tout le monde. Mais tu conviens toi-même, toi qui es de la partie, qu'il ne s'en tire pas mal.

— Pas mal ! s'écria M. Poffre, dites donc que c'est admirable, vu le temps qu'il y a mis et l'âge où il a commencé. Ecoutez-moi, vieux chêne, si cet animal continue, d'ici à un an...

— Il sera brigadier ! s'écria imprudemment le capitaine.

— Je ne me mêle pas de faire des prédictions militaires ; ce n'est pas ma partie, répondit M. Poffre avec une froide ironie ; mais, s'il continue, dans un an il écrira aussi bien que moi, peut-être mieux ! »

Le capitaine lui serra la main, et tout le reste de la séance ne l'appela plus que « Monsieur Poffre ».

Ils concertèrent la réponse, dont le résumé était que le capitaine saluait en Sylvain l'esprit de la jeune armée et qu'il était « bigrement », fier de lui.

Sylvain finit par y voir clair dans les ténèbres de la grammaire, et s'oriente presque sans guide dans ses cavernes tortueuses. Il apprend l'orthographe usuelle en lisant et en relisant les quelques livres qu'il a pu se procurer. Quand un mot l'embarrasse, il le cherche dans un dictionnaire de Noël et Chapsal, relié en veau fauve, dont il a fait comme qui dirait son bréviaire, et dont il protège la reliure par des chemises de fort papier, fréquemment remplacées. C'est un livre ! et Sylvain respecte les livres, sentiment rare chez les ignorants (et malgré l'ardeur d'apprendre qui lui est venue, Sylvain est encore terriblement ignorant).

Rémy lit couramment, et son professeur songe à lui acheter une ardoise pour l'initier à son tour à l'art de peindre la pensée.

La mère Gigogne n'a pas marché si vite que Rémy, elle prétend qu'elle serait bien plus avancée si elle était restée sous l'égide de son bon camarade Bricaud.

Quelques-uns prétendent que l'étude dessèche le cœur et relâche les liens de l'affection, quand elle ne les dénoue pas tout à fait. Eh bien, laissez-moi vous citer un petit fait : les petits faits peignent les grands hommes.

C'était à l'époque où fleurit le muguet. Sylvain connaissait un bon endroit dans les bois de Fausse-Repose, qui n'avaient pas encore été enclos, dépecés et transformés en propriétés particulières. Les deux guerriers, après avoir fait une abondante réquisition de muguet, s'étaient assis sur la mousse, à l'ombre des bouleaux, et avaient procédé à la répartition de leur butin en un certain nombre de bouquets, dont chacun avait sa destination. Ensuite, le cuirassier Gigon tira de son plastron un abécédaire, et le cuirassier Bricaud de son plastron tira un petit abrégé de l'histoire de France, et tous les deux, avec une application qui dut émerveiller sans doute les merles et les piverts, se mirent à se dessécher le cœur et à se flétrir l'imagination, c'est-à-dire à étudier. Il faut croire que le cœur du cuirassier Bricaud protesta dans sa poitrine, et que son imagination ne voulut pas qu'il fût dit qu'elle se serait laissé flétrir sans résistance. Quoi qu'il en soit, le cuirassier Bricaud posa son livre sur la mousse, se leva de toute sa hauteur et tira de sa poche son couteau aux lames nombreuses.

Ayant choisi la plus effilée, il se planta résolument en face du plus gros bouleau qu'il put trouver, et se mit à en taillader l'écorce. Le cuirassier Gigon, par un mouvement de curiosité bien excusable, vint se planter derrière son ami, pour se rendre compte de ses intentions. Au bout de dix minutes, le cuirassier Bricaud fit une pause, considéra son œuvre avec complaisance, et se tournant vers son frère d'armes, lui demanda : « Qu'est-ce qu'il y a d'écrit là ? »

Le cuirassier Gigon s'écria : « Ça fait : SYLVINE ! »

Et le cuirassier Bricaud fut fier de son élève.

Le cuirassier Gigon ajouta : « Gentille idée ! » Et le cuirassier Bricaud sourit avec complaisance.

Si cette offrande pastorale, dédiée par Sylvain à la dame de ses pensées, ne prouve pas jusqu'à l'évidence que l'étude n'avait ni desséché le cœur, ni flétri l'imagination de Sylvain, alors que l'on ne vienne plus me parler de la galanterie des bergers du Lignon.

Sylvine venait d'avoir ses trois ans. Le cuirassier Bricaud guettait, depuis une semaine, son jour de naissance pour lui offrir une poupée à tête de porcelaine. Il savait bien que Mme Vérité le gronderait d'avoir fait des folies ; car Mme Vérité se montrait très sévère sur l'article des dépenses inutiles.

Sylvain entra dans la boutique, tenant ses deux mains cachées derrière son dos. Il souriait de sa désobéissance ; il souriait de la surprise qu'il ménageait à Sylvine, et puis il y avait encore autre chose qui le faisait sourire : un secret.

Sylvine accourut au-devant de son parrain et lui tendit les bras.

« Sylvine est une grande fille, lui dit-il avec tendresse ; Sylvine a trois ans aujourd'hui, son parrain lui apporte quelque chose. Devine ce que c'est. »

Au lieu de se casser la tête à deviner, Sylvine fit vivement le tour de son parrain pour voir ce qu'il cachait derrière son dos. Mais le rusé parrain, toujours accroupi, fit prestement demi-tour et se retrouva face à face avec sa filleule.

« Allons, devine, lui dit-il en souriant toujours.

— Une *pépée*, s'écria Sylvine en frappant dans ses mains.

. — Elle a deviné, s'écria Sylvain, saisi d'admiration. Quel petit chat étonnant ! Tiens, la voilà, ta pépée. »

Rémy était survenu sur ces entrefaites. Quand Sylvain ramena ses deux bras en avant, l'enfant demeura muet de surprise. Sylvain avait deux galons rouges tout neufs sur chaque manche.

« Il est brigadier ! s'écria Rémy quand il eut recouvré la parole. Papa ! madame Vécité ! Sylvain est brigadier !

— Brigadier ! s'écria Menaut. Allons, vieux, tant mieux, allonge ta patte de brigadier que je la serre. Honneur et profit, car ça augmente ton prêt, naturellement.

— Qu'est-ce que j'apprends là ? s'écria Mme Vérité, qui accourait aussi vite que le lui permettaient son clopinement et ses rhumatismes. Est-ce possible ?

— Venez voir ! s'écria Rémy, Sylvain est brigadier ! »

Les yeux de Mme Vérité tombèrent sur la magnifique pépée, et elle fronça le nez.

« Mon garçon, dit-elle à Sylvain, il y a longtemps que vous devriez porter ces galons-là, vu votre mérite ; mais enfin les voilà, et ils sont les bienvenus. C'est bien, c'est très bien ! Mais, ajouta-t-elle en montrant du doigt la pépée que Sylvine, toujours muette d'admiration, berçait tendrement sur son cœur ; mais, mais, mais !

— Je ne le ferai plus, dit Sylvain. C'était pour fêter les galons.

— Passe pour cette fois ; mais rappelez-vous, brigadier, qu'une parole est une parole. »

Le brigadier s'éclipsa sur la pointe des pieds, il avait des courses à faire.

« Oh ! la bonne surprise ! » s'écria Mme

Carminaz en le voyant paraître. Son œil exercé s'était tout de suite porté sur les galons neufs. « Cachottier ! ces galons-là n'ont pas poussé sur vos manches pendant que vous dormiez ; vous deviez savoir la chose depuis au moins deux jours et vous avez gardé cela pour vous. Oh ! le vilain cachottier ! Et, comme cela, vous voilà brigadier !

— Oui, madame Carminaz, répondit Sylvain ; on m'a offert ça honnêtement et je ne pouvais pas refuser sans malhonnêteté.

— Et le bon vieux capitaine, reprit Mme Carminaz, c'est lui qui va ouvrir de grands yeux, quand il saura la bonne nouvelle.

— Il doit la savoir à l'heure qu'il est, répondit Sylvain ; je me suis informé hier, en allant porter ma lettre à la grande poste, exprès ; ces messieurs m'ont dit qu'elle arriverait ce matin de bonne heure. »

« Ces messieurs » n'avaient pas menti. Le facteur rural, en quittant Sivaud-le-Bourg, avait rencontré le capitaine qui venait pour affaires.

Le capitaine porta tout droit sa lettre chez M. Poffre. M. Poffre, en ce moment, était en train de digérer sa tasse de café au lait, étendu tout de son long dans le grand fauteuil des clients, les yeux clos, les mains croisées sur la surface concave qui représentait son abdomen absent. Le peu d'énergie vitale que lui laissait le labeur de la digestion s'était réfugié dans ses deux pouces, qui tournaient l'un autour de l'autre d'un mouvement lent et régulier.

Quand la petite sonnette fêlée fit entendre son carillon, M. Poffre entr'ouvrit les yeux, et il n'avait pas achevé de les ouvrir complètement, lorsque le capitaine lui apparut.

Il tressauta dans son fauteuil, ses pouces cessèrent de tourner, et il s'écria :

« Eh bien, vieux chêne, qu'est-ce qu'il y a donc ?

— Lis-moi ça, dit le capitaine en lui tendant la lettre de Sylvain.

— « Mon parrain, lut M. Poffre, je n'ai encore rien dit à personne et c'est à vous le premier que je veux apprendre la nouvelle : me voilà brigadier. Je ne l'ai pas demandé, mais je ne l'ai pas refusé non plus ; et la vérité, c'est que j'en suis bien content ; j'en serai fier, si vous me dites que cela vous fait plaisir. Je m'amuse toujours bien au régiment, et je jouis d'une santé parfaite. J'espère que la vôtre est bonne aussi ; je prie M. Poffre, en me rappelant à son bon souvenir, de m'en parler tout au long. Je vous serre respectueusement la main.

« Votre filleul bien dévoué et bien reconnaissant,

« SYLVAIN BRICAUD,

« Brigadier au 42ᵉ cuirassiers. »

IL SE MIT A TAILLADER L'ECORCE

Le capitaine, par sa conduite en cette circonstance solennelle, donna un démenti aux prédictions de la trop sagace Mme Carminaz. Il n'ouvrit pas de grands yeux, et cela pour deux raisons : la première, c'est qu'il avait les yeux naturellement fort petits ; la seconde, c'est que, dans les rares circonstances où il était saisi d'une violente émotion, ses paupières se rapprochaient l'une de l'autre, et à travers la fente ses prunelles claires luisaient comme des braises.

Dès le commencement de la lecture, ce phénomène se produisit ; et même ses prunelles luisaient avec plus d'éclat que de coutume, parce qu'elles étaient un peu plus humides ; ses moustaches, blanches comme la neige, frémissaient d'un mouvement convulsif.

Il était resté debout tout le temps. Et, même après que M. Poffre eut achevé la lecture de la lettre, il resta encore debout, regardant par-dessus la tête de M. Poffre et par-dessus le dossier du fauteuil des clients. On aurait pu le croire perdu dans la contemplation d'une mauvaise lithographie épinglée au papier de tenture.

« Brigadier ! dit-il. En un certain sens, moi qui ai quatre-vingts ans bien passés, je suis tenu, comme militaire, au respect envers ce blondin-là ! Conçois-tu cela, mon bon Poffre ? Tu n'as pas été militaire, mais tu dois concevoir cela.

— Oui, oui, je conçois le plaisir que cette idée-là vous fait. Mais, la lettre, qu'est-ce que vous en pensez ?

— Ce que j'en pense ? Et toi, qu'en penses-tu ?

— L'écriture..., reprit M. Poffre.

— L'écriture ! l'écriture ! » dit le capitaine avec impatience. Et puis tout à coup, réfléchissant qu'il s'agissait après tout de l'écriture de son brigadier, il reprit d'un ton plus calme : « Va, je t'écoute.

— L'écriture est plus belle que la mienne, dit M. Poffre avec une noble simplicité. Qu'est-ce que je vous avais dit la dernière fois ?

— Je m'en souviens, répondit le capitaine.

— Jamais je n'ai vu l'écriture d'un homme changer en si peu de temps. Je la reconnais, comme on reconnaît une personne qui a été malade et qui est revenue à la santé avec une bonne mine, un pas leste, une tournure élégante. C'est tout à fait cela, sauf que c'est absolument le contraire. Un malade engraisse en revenant à la santé. L'écriture du brigadier était un peu grosse, elle est devenue plus mince et plus allongée, plus élégante. Je ne sais pas si je me fais bien comprendre ?

— Parfaitement ! » répondit le capitaine.

« Et puis, reprit M. Poffre qui avait relu tout bas la lettre de Sylvain, l'orthographe y est. C'est encore plus étonnant que le changement d'écriture.

— Allons, tant mieux, si l'orthographe y est ! » dit de confiance le capitaine, qui n'attachait d'ailleurs aucun sens au mot orthographe. Il pensa que c'était comme qui dirait la perfection de l'écriture.

« Et puis, ce n'est pas tout ! ajouta M. Poffre.

— Quoi donc encore ? demanda le capitaine.

— Vous n'avez pas remarqué comme le coquin tourne ses phrases ?

— Pas très bien remarqué, répondit le capitaine. Ça m'a fait l'effet d'être assez ronflant ; mais j'étais un peu ému.

— Eh bien, écoutez-moi ça, » dit M. Poffre, qui reprit lentement la lecture de la lettre. Cela ressemble à la lettre d'un avocat...

— Poffre, tes intentions sont bonnes ; mais tu me ferais plaisir, si tu voulais bien ne pas comparer la lettre d'un militaire aux finasseries d'un avocat.

— Capitaine, vous avez raison. J'aurais dû dire que ça ressemble à la lettre d'un officier.

— Très bien ! Poffre, très bien ! mon garçon, dit gravement le capitaine. C'est tout à fait cela. Tu comprends..., je n'ai rien à dire contre les avocats, mais enfin ce sont des finauds, et l'on ne peut pas comparer décemment un finaud à un militaire français ! — A présent que nous nous entendons là-dessus, je suis content de partout, reprit le capitaine après quelques instants de profonde méditation. Et, sais-tu, Poffre, ce que nous allons faire ? Nous allons arroser les galons de Sylvain. Je n'avais pas, en venant, idée de ce qui m'attendait ici, et je voulais retourner déjeuner au château d'Austerlitz. Nous déjeunerons ensemble au *Singe vert*, et nous boirons à la santé de Sylvain. Ça te va-t-il ? Va, ajouta-t-il avec un bon gros rire de satisfaction, ne te gêne pas pour me dire si ça ne te va pas.

— Ça me va, répondit M. Poffre.

— Rendez-vous à onze heures, heure militaire.

— Rendez-vous à onze heures, heure militaire, c'est convenu. »

Le capitaine s'en alla à ses affaires, et à onze heures les deux amis s'attablèrent. La plus parfaite concorde ne cessa de régner entre eux ; la preuve, c'est que pas une fois le capitaine n'appela son convive : vieux Têtard. Au dessert, il y eut des discours et des toasts. Tous les discours roulèrent sur le même thème : les mérites de Sylvain et le brillant avenir qui l'attendait. Les toasts conduisirent Sylvain au grade de capitaine, à raison d'un grade par toast.

Constatant qu'il y avait encore quelque chose dans la dernière bouteille, M. Poffre proposa un toast de supplément : « Au mariage de Sylvain avec une héritière ! »

Le capitaine lui fit raison, mais aussitôt après il lui vint un scrupule. « Dans tout cela, dit-il, que devient la petite fille dont parle Mme Carminaz ? Elle dit que Sylvain en est comme fou. Je connais le pèlerin, il ne la lâchera pas. Le père a du plomb dans l'aile, une fois orpheline...

— Eh bien, riposta M. Poffre, ça va tout seul. Ne sommes-nous pas convenus que l'héritière a de l'amitié pour Sylvain ?

— Sûr, sans cela elle ne l'épouserait pas.

— Puisqu'elle a de l'amitié pour lui, elle tient à lui faire plaisir ?

— Bien sûr.

— Le capitaine Bricaud lui dit donc : « Mademoiselle, j'ai comme qui dirait une fille adoptive. » Et elle répondra : « Met-tez-la dans la corbeille de noces ; nous l'élè-verons à nous deux et nous la marierons bien. »

— Et le frère ? objecta le capitaine. Car Mme Carminaz parle aussi d'un frère.

— Un garçon se tire toujours d'affaire, riposta M. Poffre, surtout avec la protec-tion d'un capitaine. Mme Carminaz dit qu'il sait lire et qu'il n'est pas bête du tout ; eh bien, on en fera un instituteur, ce n'est pas plus malin que cela !

— Ou bien on le mettra dans l'inten-dance ! »

M. Poffre fit la conduite au capitaine, et ils arrivèrent vers cinq heures au château d'Austerlitz, n'ayant fait tout le temps que confirmer les promotions successives du brigadier.

CHAPITRE XV

M. POFFRE écrivit au brigadier Bricaud, de son écriture ordinaire qui était bien sèche et bien anguleuse, et de son style ordi-naire, que la collaboration du capitaine ne contribuait pas à rendre plus fleuri. Sa let-tre pourtant fit venir les larmes aux yeux de Sylvain. Il la montra à Mme Carminaz.

« Mon parrain, lui dit-il, fait des folies pour moi ; regardez ce qu'il m'a envoyé pour arroser mes galons. Je suis sûr qu'il se prive pour me faire plaisir, un homme de son âge ! Puis, au lieu de me prêcher l'éco-nomie, on dirait qu'il me pousse à la dé-pense. Je n'y comprends rien, et cela me confond. Et avec cela, il me dit qu'il m'es-time plus que jamais ! »

Mme Carminaz ne fit aucun commen-taire sur les paroles de Sylvain. Elle savait cependant pourquoi le parrain poussait son filleul à la dépense, et pourquoi il l'estimait plus que jamais. Mais elle se serait bien gardée d'avouer qu'elle était de son côté en correspondance avec le capitaine.

Si l'axiome général émis par M. Poffre au sujet de la transformation de l'écriture de Sylvain est applicable aux livrets de caisse d'épargne, celui de Sylvain marchait à grands pas vers cette suprême distinction qui consiste à s'amincir. Le pauvre Menaut avait beau faire, il n'arrivait pas à mettre son budget en équilibre. A chaque nouveau désastre, le brigadier s'en allait à la caisse d'épargne et écoutait les paternelles raille-ries d'un bon vieil employé à lunettes, qui trouvait que « ça allait bien vite, soit dit sans reproche ! »

Dans le strict délai réglementaire, le brigadier Bricaud fut promu au grade de maréchal des logis et fit remplacer ses deux galons de laine par un galon d'argent ; et puis, sur une invitation formelle du par-rain, il s'en alla passer un mois à Sivaud-le-Hameau. Le capitaine était venu au-de-vant de son *marchis* (abréviation familière de maréchal des logis) jusqu'à Noirville. C'était un vrai coup de tête, comme le lui avait répété plus de vingt fois M. Poffre, car les forces du capitaine avaient singuliè-rement diminué ces derniers temps. Mais le capitaine avait son idée. Sous prétexte d'embrasser mon *marchis* douze heures plus tôt, il voulait voir les soldats de la garni-son saluer les galons de Sylvain.

Au retour, il s'endormit dans la patache de Noirville à Sivaud-la-Ville, et Sylvain constata avec un serrement de cœur les ravages que les dernières années avaient faits sur l'écorce du pauvre vieux chêne.

Le filleul et le parrain déjeunèrent à Sivaud-le-Bourg, en compagnie de M. Pof-fre, que le capitaine avait invité d'avance.

Malgré son formidable appétit, M. Poffre s'arrêtait souvent au milieu de ses opéra-tions, pour regarder le *marchis*, les yeux écarquillés.

« Vois-tu, Bricaud, dit-il, quand le pousse-café lui eut délié la langue en chas-sant le petit nuage d'embarras respectueux qui lui avait d'abord pesé sur l'esprit, c'est ici, à cette table, que le capitaine et moi nous avons arrosé tes galons de brigadier, n'est-ce pas, capitaine ? et c'est à cette table que nous t'avons promu capitaine, et que nous t'avons marié avec une riche héritière.

— Un soldat ne se marie pas, répondit Sylvain, qui était devenu très rouge.

— Oui, mais un capitaine !

— Je ne serai jamais capitaine, vous le savez bien.

— Je ne le sais pas tant que cela ; mais, dans tous les cas, un lieutenant ? »

Le *marchis* haussa les épaules.

« Un sous-lieutenant ? » poursuivit cet obstiné de M. Poffre.

Le *marchis* ne répondit pas.

« Eh bien, sapristi, un adjudant peut se

marier. Je le sais, puisque la fille de Pitrois a épousé un adjudant.

— Laisse-le tranquille, Têtard, dit gravement le capitaine, tu vois bien que tu l'agaces avec tes radotages de vieille perruche.

— Oh bien ! reprit M. Poffre qui avait la tête un peu montée, s'il refuse de se marier, c'est qu'il a des raisons pour cela. »

Cette fois, le *marchis* devint cramoisi et baissa la tête.

« Ah ! ah ! ah ! s'écria M. Poffre en se frottant les mains. Le capitaine et moi, nous savons que le nom de la jeune personne commence par un S.

— Monsieur Poffre ! » gronda le capitaine.

M. Poffre regarda le capitaine, dont les yeux étincelants étaient fixés sur lui.

La lueur d'un éclair traversa les fumées qui obscurcissaient l'entendement de M. Poffre ; la personne de M. Poffre se ratatina à vue d'œil et ses lèvres, agitées d'un tremblotement convulsif, laissèrent échapper les paroles suivantes : « Sapristi ! j'ai vendu la mèche.

— Un joli secrétaire, ma foi, qui ne sait pas seulement garder un secret, » dit le capitaine avec une mordante ironie.

Sylvain avait relevé la tête et, d'un air profondément mystifié, portait ses regards du capitaine à M. Poffre et de M. Poffre au capitaine.

Le capitaine sentit que le *marchis* avait droit à une explication.

« Mme Carminaz est la crème des honnêtes femmes, dit-il en s'adressant à son filleul. Elle s'est dit que je pourrais m'inquiéter de te voir dépenser ton argent, et me faire des idées de l'autre monde. A bonne intention, elle m'a dit toute ton histoire ; et, sacrebleu ! je suis encore plus fier de ça que de ce que tu portes sur la manche. Tu m'entends ! plus fier que si tu étais capitaine ; aussi je pardonne de tout mon cœur à cette vieille femme de Poffre d'avoir vendu la mèche. Allons, Poffre, ta main ! Sylvain, la tienne. C'est digne de ta mère, ce que tu as fait là ! Et si elle en a connaissance là où elle est, elle doit avoir le cœur joliment content. Dis-moi, Sylvain, tu n'en voudras pas à Mme Carminaz, n'est-ce pas ?

— C'est, répondit Sylvain, une femme à qui il est impossible d'en vouloir. Au fond, parrain, je dis comme vous, j'aime autant qu'il n'y ait plus de secret entre nous ; et même, je ne sais pas, au fond, pourquoi je vous ai fait de cette affaire-là un secret.

— Je le sais bien, moi, dit le capitaine, c'est parce que tu es dans les bons principes ; tu sais que la main droite ne doit pas savoir ce que fait la main gauche. Et maintenant nous allons regagner tout doucement le château d'Austerlitz ; tu verras si j'ai été bon fourrier et si j'ai soigné ton logement. Poffre, tu enverras la valise de

Sylvain par quelque galopin qui ne sera pas content de gagner une pièce de cinq sous en faisant une jolie promenade ; non, c'est le chat. »

Les premiers jours, le capitaine exhiba son *marchis* et le *marchis* se laissa exhiber, puisque cela faisait plaisir à son parrain.

Quelquefois, pendant que le capitaine faisait son somme de l'après-midi, Sylvain s'en allait rôder autour de l'ancienne ferme de son père. Elle n'offrait pas un spectacle bien agréable à l'œil, car elle était occupée par de pauvres diables qui la laissaient littéralement tomber en ruine ; mais telle qu'elle était, elle évoquait dans la mémoire de Sylvain tous ses souvenirs d'enfance et surtout celui de sa mère, le plus doux à la fois et le plus mélancolique de tous.

En quittant son village, au sortir des mains de son premier éducateur, le capitaine Faret, Sylvain avait la bravoure, la rudesse rustique et la loyauté d'un Bertrand du Guesclin. Quand Sylvine fut devenue la dame de ses pensées et qu'il porta pour ainsi dire ses couleurs, le chevalier se transforma en paladin. Comme la dame de ses pensées était menacée, dans le présent et dans l'avenir, par ce monstre effroyable que l'on appelle la Misère, contre lequel sont impuissantes les armes des temps héroïques, le casque, la cuirasse et l'épée, le paladin décrocha de nouvelles armes à une nouvelle panoplie, ou plutôt il recourut à la magie blanche et s'en alla demander à l'enchanteur Minoré le secret de tuer la misère à l'aide de ces deux talismans du monde nouveau, la lecture et l'écriture.

Grâce à ces deux talismans, il s'était élevé de deux degrés dans la hiérarchie de cette chevalerie moderne que l'on appelle l'armée ; mais il lui en manquait un troisième : le *savoir-vivre*, pour forcer la barrière qui sépare le monde des sous-officiers de celui des officiers. A vrai dire, il ne songeait guère à forcer cette barrière. Selon ses idées, il y a des gens qui sont nés pour être officiers ; lui, il n'était pas né pour cela.

Il est donc plus que probable que Sylvain était destiné à ignorer toute sa vie que le savoir-vivre s'apprend comme la lecture et l'écriture ; qui donc parmi ses humbles amis lui aurait révélé cette vérité ? Ce n'est pas le capitaine, ni M. Poffre, ni Mme Vérité, ni les Menaut, ni même Mme Carminaz.

Il est plus que probable qu'il était destiné à ne jamais entrer en possession du troisième talisman, celui qui transforme un sous-officier en officier, c'est-à-dire en *monsieur* ; les Anglais diraient en *gentleman*...

Il y avait, à une lieue de Sivaud-le-Hameau, derrière les bois, une grande maison que l'on appelait dans le pays le château de Presles. Le château de Presles est bâti sur un gros bourrelet de terrain qui traverse le département Noir de part en part, comme une chaussée entre deux marécages. L'endroit est sain, quoiqu'il ait, comme on disait alors dans le pays, la mort à sa porte des deux côtés.

Ce château avait appartenu longtemps à un original qui ne l'habitait jamais, sous prétexte qu'il ne tenait pas à mourir de la fièvre. Après avoir parcouru toute l'Europe pour tuer le temps, cet original s'était laissé mourir niaisement de la fièvre dans la Maremme de Toscane, où il cherchait des tombeaux étrusques. Franchement, c'était se donner beaucoup de mal pour rien et courir chercher la mort bien loin, quand on l'avait à sa porte. Telle était du moins l'opinion du pays.

Le château de Presles, après la mort de cet original, devint la propriété d'un certain

au capitaine; bref, le marquis dit au capitaine : « J'espère que nous serons bons voisins. »

Et ils furent bons voisins, si bons voisins que le capitaine ne passait pas huit jours sans porter au château de pleins filets de champignons, et chaque fois on le retenait soit à déjeuner, soit à dîner. A cause de son âge et de son caractère, on lui passait tout; les hôtes du château aussi bien que le marquis et la marquise s'amusaient prodigieusement de ses boutades et de ses réflexions. En un mot, c'était un vieil enfant gâté.

Comme il parlait continuellement de son cuirassier, de l'enfance de son cuirassier, de la jeunesse de son cuirassier, de ses exploits, de ses mérites, de sa venue pro-

LE BRIGADIER S'EN ALLAIT A LA CAISSE D'ÉPARGNE

tain marquis de Garies, qui, vint voir, par pure curiosité, ce que c'était que cette terre dont son arrière-cousin, l'original, avait fait fi toute sa vie. Le site lui plut, le style du bâtiment aussi; il y avait dans les dépendances du château une source dont l'eau fraîche et limpide avait un goût agréable. Un médecin, un architecte et un dessinateur de jardins, que le marquis avait amenés de Paris, à tout hasard, déclarèrent que le canton était sain, que le château serait remis en état sans trop de dépenses et que l'on pouvait, en mettant à profit la configuration du terrain, créer une série de jardins en terrasses où la source jouerait un grand rôle, ainsi que les groupes de vieux arbres, où l'on ferait quelques abatis.

Le marquis donna ses ordres en conséquence, et, au bout de dix-huit mois, le château de Presles fut cité comme l'une des merveilles du département Noir, où, à vrai dire, les merveilles sont rares.

Le marquis et la marquise prirent l'habitude de venir y passer les étés.

Le capitaine fit connaissance avec le marquis dans les bois, un jour qu'il venait de faire une grande cueillette de bolets. Le capitaine plut au marquis, le marquis plut

chaine, le marquis et la marquise lui déclarèrent qu'il ne pouvait pas se dispenser de leur présenter ce jeune héros.

Voilà pourquoi et comment, par une claire après-midi, le parrain et le filleul s'en allaient de compagnie au château de Presles, le parrain en chapeau cylindrique et en redingote de cérémonie, le filleul en grande tenue, moins le casque; le parrain radieux, le filleul consterné; le parrain ne doutant de rien, le filleul doutant de tout.

Comme ils quittaient le chemin vicinal pour s'engager dans la longue avenue de grands ormes, ils virent le marquis, debout au pied d'un arbre, surveillant les allées et venues d'un cheval qu'un homme conduisait par la longe, tantôt au pas, tantôt au trot. Cet homme à figure rouge, coiffé d'un chapeau de haute forme, roussi et ébouriffé, vêtu d'une blouse bleue trop courte, par-dessus une redingote de drap trop longue, ne pouvait être qu'un maquignon.

Quand le marquis aperçut ses visiteurs, il vint poliment au-devant d'eux, avec un sourire de bienvenue, et leur tendit les deux mains. Ce n'est pas sous cette forme-là que Sylvain s'était représenté un marquis; ses appréhensions diminuèrent, et son cœur se desserra un peu, quand il vit qu'un marquis pouvait être si bon garçon, si accueillant, si souriant.

Le maquignon qui les observait, sans en avoir l'air, immobile auprès de son cheval et très affairé à mâchonner un brin de paille, lança un regard en côté sur Sylvain, un regard qui n'avait rien de tendre. Quand le marquis se dirigea vers lui, en compagnie de ses deux hôtes, le maquignon cracha son brin de paille, et sa figure rougeaude prit une expression de complaisance obséquieuse.

Sylvain aimait trop son métier pour n'être pas devenu un cavalier accompli et un fin connaisseur en matière hippique. Que de chevaux lui avaient passé par les mains, depuis Virgile (le grand cheval hypocrite, qui, ayant eu l'oreille fendue, avait été mis en vente, sur l'avenue de Sceaux, en compagnie d'une quinzaine de frères d'armes, et traînait présentement le fiacre numéro 18 à travers les rues et les avenues de Versailles), jusqu'à Flibustier l'indomptable, que Sylvain avait pourtant dompté, sans compter, entre ces deux extrêmes, Coco l'agréable, Tigre le facétieux et Pinson le rétif. Puis il avait étudié de près les chevaux des officiers, il avait écouté ces messieurs ; il avait écouté le vétérinaire et, au besoin, il aurait remplacé le vétérinaire au chevet d'un cheval malade.

Ayant donc observé en silence la bête du maquignon et ses allures, il donna son avis. Or il se trouva que son avis était précisément celui de M. le marquis, qui approuva de plusieurs signes de tête. Sur un ou deux points cependant ils furent en désaccord, et Sylvain fut fort surpris de trouver des raisons pour combattre celles du marquis et d'exprimer ces raisons sans aucun embarras de langue ou d'esprit.

Le cheval fut confié aux bons soins d'un groom, qui attendait au second plan le résultat de l'expérience ; le maquignon s'en alla en faisant le gros dos, après avoir échangé quelques mots à voix basse avec le marquis, et le marquis fit savoir à ses hôtes que sa femme était au salon, où elle serait enchantée de les recevoir.

Les inquiétudes de Sylvain le reprirent. Le capitaine, qui s'en aperçut, lui administra un bon coup de coude dans les côtes, pour lui donner du cœur.

Le marquis les introduisit lui-même, sans cérémonie ; n'était-on pas à la campagne ?

Quand la porte s'ouvrit, Sylvain eut comme un éblouissement. Les meubles, les tentures, les mille riens délicieux qui flânaient sur les meubles, le demi-jour, le lustre, les appliques, les glaces, les tableaux, tout cela formait un ensemble si extraordinaire et si nouveau pour lui, qu'il se crut dans un de ces palais enchantés dont parlent les contes de fées. Tout se réunissait pour lui troubler l'intellect, jusqu'au parfum subtil et doux qui était comme l'atmosphère de cette féerie. Pauvre Sylvain ! il vit tout cela d'ensemble, sans pouvoir fixer ses regards sur aucun objet en particulier. Où était donc la marquise ? Le marquis avait dit cependant qu'elle était au salon.

Tout en se posant cette question, il prit le sage parti de suivre son chef de file, le capitaine. Après avoir accompli, comme dans un rêve, un trajet qui lui sembla très long et en même temps très agréable, sur un tapis épais qui amortissait le bruit des pas, Sylvain, précédé du marquis et du capitaine, déboucha dans une sorte d'oasis délicieuse : c'était une retraite ménagée devant une des grandes portes-fenêtres qui donnaient sur la première terrasse : sur un canapé assez bas, une jeune femme était assise, occupée à lire un livre broché, quelque roman nouveau sans doute. Aussitôt que le petit groupe apparut au coin d'un paravent sur lequel des oiseaux éblouissants poursuivaient, au vol, des insectes semblables à des pierres précieuses, la jeune femme déposa son livre sur un guéridon et se leva à moitié, en l'honneur de ses hôtes.

« Ma chère, dit le marquis, je n'ai pas besoin de vous présenter le capitaine, c'est un vieil ami ; mais je vous présente le filleul du capitaine. »

La marquise sourit, tendit la main au capitaine et lui dit de s'asseoir auprès d'elle ; elle adressa un charmant sourire au *marchis*, qui, de sa vie ni de ses jours, n'avait jamais rien vu de pareil ; ensuite, d'un geste gracieux de sa jolie petite main blanche, elle lui fit signe de s'asseoir sur un fauteuil.

Sylvain avait à peine achevé de trembler de la tête aux pieds, qu'il se trouva, sans savoir comment cela s'était fait, en conversation presque familière avec le marquis et avec la marquise.

Comme il se demandait pour la dixième fois où le marquis et la marquise prenaient tout ce qu'ils trouvaient d'agréable à dire, une porte s'ouvrit au fond du salon et une voix de vieux militaire cria : « Clémence, es-tu là ?

— Oui, ma tante, » répondit la marquise. Et, se levant du canapé, elle sortit de l'oasis.

Le marquis, à voix basse, expliqua que la dame qui venait d'appeler la marquise était la baronne douairière d'Ortaires, grand'tante de Mme de Garies. Elle était arrivée l'avant-veille. C'était une excellente femme, quoique un peu originale.

On entendait à l'autre bout du salon un de ces dialogues bizarres, où l'un des interlocuteurs s'exprime à voix basse, et où l'autre parle tout haut.

« Ah ! vous n'êtes pas seule !... Qui est-ce !... Des voisins ! quels voisins ?... Ah bon ! le vieux a servi le premier usurpateur et le jeune sert le second. Jolie société !... Allons donc, est-ce qu'ils m'entendent à cette distance-là ?... Je sais me conduire ! Je sais ce que j'ai à dire et ce que j'ai à faire, et je veux les voir ! »

Le marquis avait beau parler maintenant à voix haute, le capitaine et Sylvain entendaient toutes les paroles de la vieille dame. Le capitaine était pourpre d'indignation, en entendant traiter « *l'autre* » d'usurpateur. Sylvain aurait donné beaucoup pour être en ce moment au château d'Austerlitz, au lieu d'avoir à affronter la terrible vieille dame. Le marquis dit tout bas à ses hôtes, d'un ton suppliant :

« Je suis désolé ; elle est dans un de ses mauvais jours ; soyez patients avec elle, je vous en serai très reconnaissant. »

Le parrain sourit et fit un petit signe de tête en manière d'acquiescement. Le filleul sourit aussi et inclina gentiment la tête.

En ce moment apparut, au tournant d'une table chargée de plantes à larges feuilles, la marquise donnant le bras à la douairière. La douairière était une vieille dame habillée à l'antique, avec des cheveux blancs, qui pendaient en boudins des deux côtés de sa figure ; elle avait d'épais sourcils noirs, des yeux d'un noir de charbon, un maître nez de forme aquiline, une bouche d'un contour très ferme et un menton carré.

« Bonjour ! bonjour ! dit-elle au parrain et au filleul qui s'étaient levés à son approche. Messieurs, asseyez-vous, je vous en prie. »

Tout en parlant, elle les considérait alternativement avec une attention gênante.

« Non, dit-elle au capitaine qui lui offrait galamment sa place, sur le canapé. C'est une place d'ami, gardez-la. Christian, ajouta-t-elle en s'adressant au marquis, cédez-moi votre place à côté de ce jeune guerrier, dont la physionomie me plaît beaucoup. La vôtre aussi, dit-elle au capitaine ; bonnes et franches physionomies ; pas du tout ce que je m'étais figuré. Du reste, je me figure toujours un tas de choses. C'est bon ! »

A peine assise à côté de Sylvain, elle laissa tomber son mouchoir. Le capitaine fit le mouvement de se précipiter ; plus prompt, Sylvain s'élança et rendit à la vieille dame son mouchoir de dentelle.

« Très bien ! dit-elle en adressant deux signes de tête, l'un au capitaine, l'autre au *marchis*.

— Honneur-z-aux dames ! marmotta le capitaine entre ses dents.

— Vous dites, capitaine ?

— Je dis : Honneur-z-aux dames ! répondit le capitaine. C'est ma devise, et c'est aussi celle de Sylvain.

— Belle devise, reprit la douairière en s'adressant au capitaine. Pratiquez-la toujours, ajouta-t-elle en se tournant du côté de Sylvain.

— Il ne fait que cela ! » répliqua vaillamment le capitaine.

CHAPITRE XVI

LE MARQUIS et la marquise, voyant que la douairière laissait passer tranquillement le *s* de la devise, en conclurent que sa bonne humeur était revenue.

Elle observait les deux visiteurs avec une attention gênante.

Profitant d'un silence, elle dit brusquement à Sylvain :

« Jeune homme, quel régiment ?

— Quarante-deuxième cuirassiers, madame la baronne.

— Appelez-moi madame, tout court, voulez-vous ? Qui est votre colonel ?

— Le colonel de Luzillé.

— Je le connais ; un homme dur, hautain, n'est-ce pas ?

— Oh ! non, madame ; il est sévère, mais il n'est ni dur, ni hautain.

— Les officiers cependant se plaignent de lui.

— Je n'en sais rien, madame, je ne suis pas officier. Il est sévère, mais ce n'est pas un mal ; sans cela le régiment ne marcherait pas.

— Pourquoi cela ?

— Il n'y aurait pas de discipline, madame, et sans discipline...

— Je le veux bien. D'ailleurs le colonel de Luzillé est de mes amis ; et même... Connaissez-vous tous les hommes du régiment ?

— Oh non ! madame.

— Connaissez-vous, mon ami, un de vos camarades qui s'appelle Bassinoire ? »

Le *marchis* devint aussi rouge qu'une tomate bien mûre, balbutia quelques syllabes inintelligibles, lança un regard de détresse à son parrain et abaissa ses regards sur son képi.

« Le connaissez-vous, oui ou non ? s'écria l'impétueuse douairière.

— Madame, je le connais.

— Quel homme est-ce ?

— Madame, c'est moi que les camarades appellent Bassinoire.

— Vous ?

— Oui, madame, balbutia le *marchis*.

— Jeune militaire, s'écria la douairière, voulez-vous me faire le plaisir d'ôter le gant de votre main droite ? »

Le *marchis* obéit machinalement. Tous les assistants très intrigués regardaient la douairière avec stupeur.

« Et maintenant, dit-elle, donnez-moi cette main, que je la serre en signe d'estime et d'affection. Ainsi, c'est vous qui avez adopté cette pauvre famille de charbonniers. Christian ! Clémence ! ce brave enfant, dont je serre la main avec tant de plaisir, a adopté de pauvres gens qui, sans lui, seraient morts de faim. Il leur a sacrifié son temps, son argent...

— Oh ! madame, je vous en prie, dit Sylvain avec un regard suppliant, je ne me suis pas sacrifié, je les aime, voilà tout !

— Il les aime, voilà tout ! rien que cela ! s'écria la douairière en lui caressant la main d'un geste maternel. Capitaine, je vous conseille d'être fier de votre neveu.

— Il n'est pas mon neveu, madame, objecta le capitaine pour rendre hommage à la vérité.

— Tant pis pour vous, monsieur.

— Mais il est mon filleul !

— Tant mieux pour vous. Etes-vous fier de lui ?

— Très fier, madame.

— Et vous avez raison, monsieur. Jeune militaire, quel brave et bel officier vous ferez dans quelques années. Comment ? Qu'est-ce que j'entends ? Vous ne serez jamais officier ? Auriez-vous l'intention de quitter le service du second *usurpateur;* hem ! je veux dire le service militaire ?

— Oh non ! madame.

— Eh bien, alors ? »

Le capitaine vint à la rescousse et dit d'un ton grave:

« Madame, Sylvain sait se tenir à sa place.

— Ah ! Sylvain sait se tenir à sa place ! s'écria la douairière avec une ironie bienveillante. Eh bien, moi, rien que pour cela, je raffolerais de Sylvain. Se tenir à sa place ! quelle vertu rare par le temps qui court ! Autrefois, sous l'ancien régime, que je regrette de tout mon cœur, il fallait être né gentilhomme pour devenir officier. Sylvain, vous n'êtes pas né gentilhomme, mais, jour de Dieu ! vous êtes gentilhomme par le cœur et par les sentiments, et, bon gré, mal gré, vous serez officier. Vous me disiez tout à l'heure que votre colonel est sévère.

— Oui, madame.

— Et juste.

— La justice même.

— Cet homme sévère et juste a dit devant moi, après m'avoir raconté votre histoire, que vous feriez un jour honneur au corps des officiers.

— Oh ! madame, s'écria Sylvain, dont les yeux étincelaient de joie; le colonel a dit cela !

— Le colonel a dit cela.

— Le colonel ne me connaît que comme soldat, madame, mais s'il m'avait vu dans un salon...

— L'endroit où nous sommes, est-ce un salon ?

— Oh oui ! madame, et un beau salon.

— Très bien ! Je vous vois dans un salon ;

Christian et Clémence vous diront comme moi que vous y tenez fort bien votre place. Capitaine, savez-vous pourquoi ? Parce qu'il est modeste, simple, sans prétention. Je pose en principe que vous avez ce qui ne s'acquiert pas, la simplicité, source de toute distinction réelle. Ce qui vous manque, c'est l'usage du monde ; mais cela s'apprend. Voulez-vous être mon élève ?

— Si j'osais...

— Ose donc, animal, puisque madame est si bonne, s'écria le capitaine avec une rondeur toute militaire.

— Madame, j'accepte avec reconnaissance.

— Un officier n'aurait pu mieux dire, ni plus simplement, fit observer la douairière en souriant d'un air de triomphe. Nous nous reverrons souvent pendant votre congé, et plus souvent encore après. Car j'habite Versailles, l'hiver, dans une petite cahute de la rue des Bourdonnais, et l'été Jouy-en-Josas, à la porte de Versailles, dans une maison commode, que les gens du pays appellent un château, je n'ai jamais su pourquoi. Jeune militaire, pendant que nous y sommes, promettez-moi de venir me voir quelquefois.

— Madame, je vous assure que ce sera avec le plus grand plaisir.

— Comme nous sommes un peu pressés par le temps, ajouta la douairière, j'ai hâte de commencer mes leçons. Sylvain va m'offrir son bras et me conduire sous le berceau de la seconde terrasse. Il me lira ma *Gazette de France* pendant que je tricoterai. Voulez-vous, Sylvain ? Il veut bien, j'en étais sûre. Christian, conduisez le capitaine au billard. Sylvain, mon ami, votre bras. Non, pas tout à fait comme cela. Ah ! très bien, un bon point ! »

Sylvain conduisit lentement la douairière sous le berceau de la seconde terrasse. Une femme de chambre avait posé d'avance sur une table rustique une grande corbeille qui contenait, outre le tricot et la *Gazette de France*, un volume nouveau, non coupé, et une bonbonnière en cristal, cerclée d'or.

C'était à mourir de rire, de voir le serviteur en uniforme du régime impérial lire, pour l'agrément d'une vieille légitimiste enragée, les philippiques, les anathèmes et les réquisitoires de la *Gazette de France* contre l'Empire. Sylvain y allait, comme on dit, bon jeu, bon argent. Toutes ces colères le laissaient froid ; il avait bien assez à faire de déchiffrer les longs mots abstraits et de ne pas buter contre les points et les virgules. Il lisait assez mal, mais il lisait simplement, c'était déjà un grand mérite. La douairière l'arrêtait souvent, pour le prier de rectifier une mauvaise prononciation, de faire moins ronfler les *r*, de remettre sur ses pieds un mot indûment bousculé.

Ayant épuisé la substance de sa chère *Gazette*, la douairière mit adroitement Sylvain sur ses souvenirs d'enfance, sur son père, sur sa mère, sur le capitaine, sur son entrée au régiment et surtout sur Sylvine.

Quand le domestique vint annoncer que madame était servie, elle s'empara du bras de Sylvain. Que de choses nouvelles elle lui apprit, entre le potage et le dessert ; elle le reprenait si gentiment, si doucement, avec tant de discrétion, que quelquefois elle se contentait de cligner de l'œil en souriant, sans parler. Quant à lui, il comprenait à demi-mot, parce qu'il avait en lui-même les éléments essentiels de la politesse et de la courtoisie.

Le petit congé de Sylvain était renouvelable ; mais Sylvain était parti de Versailles avec l'intention formelle de ne pas le renou-

vert aurait retrouvé le déjeuner intact, ce qui aurait pu froisser son amour-propre.

Catastrophe sur catastrophe ! A peine le colonel de Luzillé avait-il fait ses adieux, et des adieux fort touchants, à son beau 42e, que le beau 42e reçut avis de se tenir prêt à partir pour Lille. Le 44e le remplacerait à Versailles. Cette nouvelle fut comme un coup de massue pour le *marchis* Bricaud. Et il recevait ce coup de massue, juste au moment où le pauvre Menaut, à bout de forces, venait de prendre le lit, « ayant son compte, » comme il le disait lui-même, et où Mme Vérité était clouée sur son fauteuil par ses rhumatismes. En cas de malheur, que deviendraient les deux enfants ?

Quand il s'en alla rue du Vieux-Versailles,

LE MARQUIS LUI DONNA LA RÉPLIQUE

veler ; un long mois loin de Sylvine, c'était déjà un bien grand sacrifice.

« Gêne-toi pour les autres, » lui dit son bon cœur, quand il comprit que le pauvre vieux capitaine désirait le garder un peu plus longtemps. Il écrivit donc en temps utile pour se mettre en règle et prolongea son séjour à Sivaud-le-Hameau.

La veille de son départ, pendant qu'il faisait la lecture à la douairière, la *Gazette* lui tomba presque des mains. Sa vieille amie lui demanda ce qu'il avait.

Dans un petit entrefilet de deux lignes, la *Gazette*, avec une suprême indifférence, faisait savoir à ses lecteurs que M. le colonel de Luzillé était promu au grade de général de brigade.

« J'en suis content pour lui, dit Sylvain après avoir lu l'entrefilet tout haut ; mais c'est une grande perte pour le régiment. »

Cette fois, le capitaine, se défiant de ses forces, ne reconduisit pas son filleul plus loin que Sivaud-le-Bourg. Le parrain et le filleul déjeunèrent ensemble au *Singe vert*, avec M. Poffre. M. Poffre but et mangea pour trois, et il fit bien ; sans cela le *Singe*

la rue du Vieux-Versailles tout entière savait déjà la mauvaise nouvelle. Menaut, les regards fixés sur les poutres noircies du plafond, semblait indifférent à tout. C'est à peine s'il répondit par un gémissement aux questions que Sylvain, pour la forme, lui adressait sur sa santé.

Rémy avait les yeux rouges et les lèvres serrées. Il n'osait pas les desserrer, de peur de pleurer encore. Sylvine dit à son parrain : « Prends-moi à cou. »

Il la prit à son cou.

« Embrasse-moi, ajouta-t-elle ; et puis, tu sais, je ne veux pas que tu t'en *vas* avec les autres soldats.

— Non ! je ne m'en irai pas ! » répondit Sylvain.

Il venait de lui venir une idée. Son engagement touchait à son terme. Eh bien, il ne le renouvellerait pas, voilà tout. Il trouverait facilement du travail à Versailles. Et, quand il devrait se faire marchand de charbon, porteur d'eau, pour remplacer Menaut auprès de ses enfants, il se ferait marchand de charbon et porteur d'eau.

Mais à peine, dans l'ardeur de la fièvre,

eut-il pris cette résolution désespérée, qu'il en aperçut toutes les conséquences. S'il quittait l'armée, ce serait le coup de la mort pour le pauvre vieux capitaine.

« A quoi tu penses ? lui demanda Sylvine en lui tirant la moustache. Pourquoi tu as un air tout drôle ?

— Je pense à des commissions très pressées que j'ai à faire, lui répondit le *marchis* avec un sourire contraint. Allons, mignonne, lâche ma moustache, il faut que je me sauve bien vite. »

Sylvine lâcha la moustache et condescendit à se laisser mettre à terre.

« Mais tu sais, dit-elle en lui barrant le chemin et en levant vers lui son petit index avec un geste espiègle, tu ne t'en iras pas bien loin, avec les autres soldats ?

— Il n'y a pas de danger ! » répondit Sylvain. Alors elle le laissa passer et il se précipita vers la *Renommée des Cochons de lait*.

« Eh, mon Dieu, lui dit Mme Carminaz en le voyant apparaître devant son comptoir avec une figure décomposée et des yeux hagards, est-ce que le feu est à la caserne ?

— Oh ! madame Carminaz, s'écria Sylvain, je suis dans une grande peine et je viens vous consulter. Le régiment part pour Lille, et voilà ces deux pauvres petits qui vont se trouver sans père, un de ces jours. J'ai songé à quitter le régiment et à me mettre charbonnier pour rester avec eux. Mais je ne puis pas faire cela à cause de mon parrain, qui en mourrait de chagrin.

— Eh bien, permutez, lui répondit tranquillement Mme Carminaz.

— Dire que je n'avais pas songé à cela, s'écria le *marchis* en se frappant le front. Merci, madame Carminaz, oh ! merci de votre bon conseil. Seulement, reprit-il d'un air embarrassé, il faut que le nouveau colonel s'entende pour cela avec son collègue du 44° et le nouveau colonel n'est pas arrivé ; s'il allait ne pas arriver avant le changement de garnison !

— Athénaïs ! » cria Mme Carminaz.

Athénaïs apparut, un balai à la main, un plumeau sous le bras.

« Ma fille, qu'est-ce que disait donc ce lancier qui est venu casser une croûte ce matin ?

— Il disait que le nouveau colonel arrive après-demain.

— Vous voilà renseigné, » dit Mme Carminaz au *marchis*.

Trois jours plus tard, le *marchis* se présenta au bureau du colonel.

« Mon colonel, lui dit-il, je viens vous demander l'autorisation de permuter, s'il y a moyen, avec un de mes collègues du 44°. »

Le colonel avait commencé par regarder avec complaisance ce beau spécimen de son nouveau régiment ; quand il connut l'objet de sa demande, il fronça légèrement les sourcils.

« Quelles sont vos raisons ? lui demanda-t-il, d'un ton un peu sec.

— Mon colonel, il y a ici, à Versailles, une pauvre famille...

— Nous ne pouvons pas entrer dans les raisons de sentiment.

— C'est vrai, mon colonel ; mais, c'est une famille à qui j'ai pu rendre des services et qui a besoin de moi plus que jamais. Le père est mourant et il laissera derrière lui un petit garçon et une petite fille sans aucune ressource.

— Attendez donc, dit le colonel, n'est-ce pas vous que vos camarades appellent Bassinoire ?

— Oui, mon colonel, répondit Sylvain en souriant.

— Alors, je me charge d'arranger votre affaire. Mais, dites-moi, vous êtes donc riche ?

— Oh non ! mon colonel ; à la mort de mon père il m'est revenu quelques petites choses, mais mes pauvres amis ont eu si peu de chance, qu'il ne me reste presque rien, une centaine de francs, tout au plus.

— Et c'est avec cent francs en caisse que vous comptez vous charger de deux orphelins ?

— J'ai des amis, répondit Sylvain, qui me donneront un bon coup de main, de braves gens qui ont du cœur et de la tête. J'ai fait la connaissance d'une dame qui m'aidera, j'en suis sûr, si je suis forcé de recourir à elle.

— Une jeune dame ? »

Sylvain répondit en souriant :

« Une jeune dame de soixante-quinze ans, mon colonel, la baronne douairière d'Ortaires, qui habite à Versailles, rue des Bourdonnais.

— Et comment avez-vous fait sa connaissance ?

— A la campagne, mon colonel, pendant que j'étais en permission. Elle était chez sa nièce, Mme la marquise de Garies.

— Au château de Preslés, dans le département Noir ? demanda vivement le colonel.

— Oui, mon colonel, répondit le *marchis* au comble de la surprise.

— Attendez donc un peu, reprit le colonel en prenant sur son bureau une volumineuse correspondance qu'il n'avait pas encore eu le temps de dépouiller. Les Garies sont mes amis et j'ai reconnu sur une enveloppe l'écriture du marquis. Ah ! voilà la lettre ! »

Il décacheta la lettre et se mit à la lire ; il souriait tout le temps. Quand il eut achevé sa lecture, il dit au *marchis* : « Vous voilà recommandé tout au long. Ah ! ah ! il paraît que vous ne vouliez pas être officier et que la tante de mes amis a levé vos scrupules en vous donnant des leçons de maintien et de manières. Je n'ai pas l'honneur de connaître Mme la baronne d'Ortaires, mais je chargerai Mme la marquise de Garies de lui faire mes compliments. Je

RÉMY ET SYLVINE REGARDAIENT DES GRAVURES

trouve que ses leçons vous ont profité. Je transmettrai la recommandation à mon ami le colonel Morée, qui est à la tête du 44ᵉ. Je vous recommanderai également à Mme Morée, qui se mêle aussi de venir en aide aux pauvres gens. Vous pouvez vous retirer ; donnez-moi la main. »

Sylvain, à la fois ravi et confus de l'honneur que lui faisait son supérieur, allongea timidement sa main droite dans la direction du colonel. Le colonel la prit dans les deux siennes et la serra le plus cordialement du monde...

Le 44ᵉ est arrivé, musique en tête, escorté d'une foule énorme de badauds. C'est un régiment tout neuf pour Sylvain. Il n'y connaît absolument que le sous-lieutenant Robinot. Il y connaît bientôt ses nouveaux chefs, puis ses camarades, puis la femme du colonel, qui l'accueille comme un officier. N'a-t-il pas montré, en effet, les sentiments et n'a-t-il pas déjà un peu les manières et le langage d'un officier ? Le colonel garde ses distances, et c'est tout naturel. Mais il a l'œil sur le *marchis* et se promet de le transformer en *marchef* (maréchal des logis chef) à la première occasion.

Mme la baronne douairière d'Ortaires est venue prendre ses quartiers d'hiver rue des Bourdonnais, et Sylvain, qui voit baisser Menaut de jour en jour et qui a entamé pour lui son dernier billet de cent francs, combine des plans avec la douairière pour le jour où les deux enfants seront orphelins. Ce jour, hélas ! ne peut tarder longtemps.

Menaut s'éteint tout doucement, sans y prendre garde.

Tout ce qui reste de lui sur cette terre, est suivi à la cathédrale Saint-Louis, et de là au cimetière, par quelques pauvres voisins et par un brillant *marchef*, dont les galons sont tout neufs. Mme Morée s'est chargée provisoirement de Sylvine et Mme Carminaz de Rémy.

Pendant cinq jours pleins, avec l'autorisation de son colonel, le *marchef*, entre le lever et le coucher du soleil, sonna à tant de portes, monta tant d'escaliers, attaqua tant de gens indifférents ou distraits ou railleurs, il répéta tant de fois l'histoire navrante de ses protégés, que, le soir, il en était malade de corps et d'esprit et comme fou d'indignation. Cela ne l'empêchait pas de recommencer le lendemain, et le surlendemain et les jours suivants.

Il s'habitua peu à peu aux rebuffades, et finit par ne plus tenir compte que des succès, qui allèrent croissant peu à peu en nombre et en importance.

Peu à peu, à force d'entêtement, il força les indifférents à se mouvoir, ne fût-ce que pour se débarrasser de lui, les distraits à recueillir et à concentrer leur attention, et les railleurs à devenir sérieux. Le petit Rémy fut admis, aux frais de la ville, dans un orphelinat tenu par les frères des écoles chrétiennes. Les dames du régiment, sous l'impulsion de Mme Morée, avaient pris en main la cause de Sylvine. On avait découvert, rue Saint-Antoine, une brave et honnête femme, qui, dans sa petite maison, s'occupait d'élever et d'instruire cinq ou six petites filles. Ce n'était pas un pensionnat, c'était une famille un peu nombreuse, voilà tout. Dès l'abord, Sylvine s'y trouva très heureuse.

Pour payer la pension de la petite protégée du *marchef*, ces dames, avec l'autorisation du préfet, organisèrent une loterie et la petite fille fut pourvue, du moins pour un an.

CHAPITRE XVII

DIRE qu'il y a des gens qui trouvent le temps long ! pensait souvent le *marchef* Bassinoire. Il trouvait toujours les journées trop courtes. En dehors du service, il étudiait avec ardeur, pour se rendre digne de la bonne opinion que tout le monde avait de lui, et pour le plaisir de développer son intelligence. Quelles bonnes heures il passait dans sa petite chambre, à lire ou à écrire, à la lueur de la lampe qu'il n'éteignait jamais avant minuit !

Mais l'étude ne l'absorba jamais au point de lui faire oublier les jours et les heures où il lui était permis de rendre visite à Rémy et à Sylvine.

Une fois par mois, il fermait ses livres, jetait sa gravité et ses préoccupations aux orties et emmenait les deux enfants déjeuner dans la chambre de Mme Carminaz, qui avait réclamé le droit de leur offrir à déjeuner et à dîner une fois par mois. On causait beaucoup, on riait, on disait des folies, on formait des projets, et voilà qu'il était l'heure de faire une petite tournée de visites. On commençait par Mme Vérité, on continuait par Mme Morée, et l'on allait en dernier lieu chez Mme la baronne d'Ortaires.

Après les visites, s'il faisait beau temps, on allait courir les champs, même en hiver. Dans les champs, l'ancien petit gardeur de dindons avait une foule de choses intéressantes à leur apprendre, il était là sur son terrain. Je ne parle pas des courses folles, des parties de cache-cache. Et les bouquets ! Mme Vérité avait toujours le sien et Mme Carminaz aussi. Quand il pleuvait ou que la neige couvrait la terre, on allait au Musée passer quelques heures, qui n'étaient pas non plus des heures perdues.

Vers la fin de la première année, le *mar-*

chef fut appelé par dépêche auprès du capitaine, qui, se sentant mourir, avait voulu le voir une dernière fois ; depuis six mois, un fil télégraphique reliait Sivaud-le-Bourg à la grande ligne qui traversait le département Noir.

Quand le *marchef* arriva à Sivaud-le-Hameau, le capitaine était assis dans son vieux fauteuil, les jambes enveloppées d'une couverture. Depuis plusieurs jours, il ne pouvait plus respirer, quand il était couché dans son lit.

Il reconnut Sylvain et lui fit signe de s'asseoir auprès de lui. Ayant retiré de dessous la couverture une de ses mains tremblantes, il posa deux doigts sur les galons de Sylvain et fit deux ou trois signes de tête pour témoigner son contentement et sa fierté.

Rémy, avec son intelligence et les bonnes dispositions qu'il montrait, il deviendrait facilement instituteur, et échapperait ainsi à la misère.

L'année où le *marchef* passa *adjudant*, la santé de Sylvine lui donna de grandes inquiétudes et les soins qu'il lui fit donner entamèrent le capital. L'adjudant redoubla d'économie et de privations pour boucher cette brèche. Comme compensation, il lui arriva un grand bonheur en la personne de Rémy.

Le délégué communal, chargé d'inspecter les écoles du quartier Saint-Louis, remarqua l'intelligence de ce petit pâlot, et s'amusa à le pousser. On fit subir un examen à Rémy, et il entra au lycée comme boursier de la ville. Le professeur découvrit au

ON ALLAIT COURIR LES CHAMPS

Il mourut la nuit même, la main droite entre les deux mains de Sylvain.

Quand tout fut fini, et que Sylvain se disposa à repartir, M. Poffre le prit à part et lui dit: « Sylvain, mon garçon, c'est un brave homme de moins, et tu as fait là une grande perte. Je sens que je ne tarderai pas à le suivre. Ce n'est peut-être guère le moment de parler d'affaires, et pourtant... c'est quinze bons mille francs qu'il te laisse, sans compter le château d'Austerlitz et les dépendances. »

« Quinze bons mille francs, se dit-il à lui-même après le départ de Sylvain, ça ne ressuscite pas les morts, mais c'est un fameux cataplasme sur le chagrin des vivants. »

Non ! les quinze mille francs n'étaient pas un cataplasme sur un chagrin comme celui de Sylvain ; néanmoins, dans le long voyage qu'il eut à faire pour regagner Paris et de là Versailles, il songea malgré lui qu'avec les intérêts des quinze mille francs il pourrait payer la pension de Sylvine sans rien demander à personne. Le capital lui constituerait plus tard une petite dot. Quant à

bout de quelques semaines que cet enfant avait une remarquable aptitude pour les mathématiques.

L'adjudant Bricaud, mandé par le proviseur, fut fort surpris d'apprendre qu'il y avait dans son petit Rémy l'étoffe d'un polytechnicien, fort surpris et fort touché aussi.

Le proviseur lui dit alors que le seul obstacle qui lui fermât la carrière, c'est qu'il n'avait aucune notion de latin.

« Monsieur le proviseur, dit l'adjudant, est-il possible de combler cette lacune ?

— S'il pouvait prendre des leçons particulières pendant six mois seulement, il en saurait aussi long et même plus long que la moitié de ses camarades. »

L'adjudant hocha la tête et dit: « Excusez-moi, monsieur le proviseur, d'aller brutalement au fait. Quel prix croyez-vous que cela coûterait, six mois de leçons particulières ? »

Le proviseur dit le prix à peu près.

« Et vous croyez, monsieur le proviseur, que, dans ces conditions, ce petit homme a des chances d'entrer à l'Ecole Polytechnique ?

— Le professeur de mathématiques l'affirme.

— En ce cas-là, monsieur le proviseur, Rémy prendra des leçons. »

L'adjudant sortit du lycée, le cœur inondé de joie.

En attendant que Rémy devînt général, l'adjudant Bassinoire devint par la seule force des choses le sous-lieutenant Bassinoire.

Oh ! que Sylvine était fière de se promener avec lui, les jours de sortie ! pas si fière, bien entendu, que lui de se promener avec elle, car elle devenait plus charmante de jour en jour. Sylvine ne se gênait pas pour lui dire en face : « Tu sais, parrain, c'est toi qui es le plus beau de tous. » Le parrain aurait volontiers dit à sa filleule : « Et toi, tu es la plus jolie de toutes ! » Mais il s'en serait bien donné garde. Les jeunes filles, quand elles sont jolies, et même quand elles ne le sont pas, trouvent toujours assez de sots le long de leur chemin pour leur affirmer qu'elles le sont.

« Mon lieutenant, lui dit un jour la baronne d'Ortaires, votre chiffonnette de Sylvine est trop grande pour rester où elle est, je chercherai quelque chose pour elle. »

Il avait déjà songé à cela, et même il s'était dit que la pension serait plus forte dans un établissement d'un ordre supérieur, et qu'il ne ferait peut-être pas mal de vendre le château d'Austerlitz et les dépendances. Ce serait un crève-cœur, car il avait espéré garder la bicoque en souvenir de son parrain. Mais la bicoque et le terrain représentaient une somme d'argent improductive, et le sous-lieutenant Bricaud, bien différent en cela du cuirassier Bricaud, tenait beaucoup à l'argent, et ne permettait pas à l'argent de rester improductif. Comme on change !

Oh ! oui, comme on change ! Regardez-moi un peu ce qu'est devenu cet ex-avorton de Rémy. Le voilà bien en point, avec des joues rondes sur lesquelles frisottent les premiers éléments d'une barbe naissante. A ceux qui viendront me dire que le travail maigrit les gens, je répondrai : « Regardez Rémy Menaut ! » A ceux qui prétendront que la nourriture du lycée est abominable, je répondrai : « Regardez Rémy Menaut. »

Nous voilà à la fin de l'année classique. Rémy Menaut vient de terminer son cours de mathématiques spéciales. Rémy Menaut est bachelier ès sciences. Rémy Menaut a passé ses examens pour l'Ecole Polytechnique ; tout le monde dit qu'il sera reçu. Le professeur de mathématiques spéciales, qui a assisté à ses examens, affirme qu'il sera placé dans un bon rang. Tout le monde sait aussi que Rémy Menaut aura tous les prix de sa classe ou peu s'en faut, à la distribution du lycée.

Du reste, ç'a été tous les ans la même chose depuis son entrée au lycée. Tous les ans, Sylvine est venue voir couronner son frère ; et tous les ans, la baronne d'Ortaires a fait cadeau à sa petite amie d'une jolie robe pour la grande cérémonie. Comme elle connaît la fierté de son ami Bricaud, c'est le seul cadeau utile qu'elle se soit jamais permis de faire à Sylvine.

Donc, cette année-là, la jolie robe est prête comme tous les ans. Mais il y a cette année quelque chose d'imprévu, et ce n'est pas la distribution des prix du lycée qui aura l'étrenne de la jolie robe.

Le samedi qui précède la distribution des prix du Concours général, le proviseur de Versailles, en compagnie de ses collègues de Paris, dans une des salles de la vieille Sorbonne, a passé une partie de la journée (une chaude journée) à constater les résultats du Concours général. Les résultats sont satisfaisants pour le lycée de Versailles qui a le prix d'honneur de mathématiques spéciales, en la personne de Menaut (Rémy-Prosper), né à Versailles (Seine-et-Oise).

M. le proviseur du lycée de Versailles expédie deux billets d'entrée pour la distribution du Concours général aux parents de Menaut (Rémy-Prosper), né à Versailles (Seine-et-Oise).

Le colonel Morée est assis sur l'estrade, à côté du général. La dernière phrase du dernier discours vient d'être prononcée ; la musique militaire exécute un brillant morceau ; un silence presque surnaturel suit ce morceau.

M. le préfet, qui préside, se lève, tenant à la main un palmarès. Toutes les têtes se penchent en avant, tous les regards sont fixés sur la bouche de M. le préfet.

« Prix d'honneur de mathématiques spéciales, au Concours général et au lycée : Menaut (Rémy-Prosper), de Versailles (Seine-et-Oise). »

Tonnerre d'applaudissements, hourras de joie et de sympathie, dans les rangs de ses camarades.

Enfin Rémy monte les marches. Première salve d'applaudissements. Le préfet le couronne en l'embrassant. Seconde salve d'applaudissements. Rémy paraît embarrassé devant l'énorme pile de livres. Cet embarras fait sourire les messieurs de l'estrade. Troisième salve d'applaudissements. D'un mouvement spontané, deux camarades s'élancent, prennent la pile de livres à eux deux et l'emportent, en l'élevant bien haut. Quatrième salve d'applaudissements. Celle-là a l'air de ne vouloir jamais finir.

Le sous-lieutenant essuie furtivement sa première larme. Sylvine, excitée au delà de toute expression, s'est jetée à son cou et appuie sa tête contre la poitrine de son parrain. Cet élan ne fait rire personne. Toutes les mamans, toutes les sœurs comprennent qu'il y a quelque chose là-dessous.

« C'est sa sœur ! » Ces trois mots circulent dans la salle avec une rapidité télégraphique.

Sylvine relève enfin la tête ; elle devient rose comme une églantine et baisse de nouveau la tête en voyant qu'elle est le point de mire de tous les regards.

« Menaut a une petite sœur très chic ! » disent les gommeux d'entre les potaches, vous savez, ceux qui portent des cols droits et des lorgnons.

Le censeur a fait défiler pendant ce temps-là la série des accessits.

Menaut, rappelé sur l'estrade, est conduit au général. Le général se lève, embrasse Menaut, mais, au lieu de le couronner, il lui dit quelques mots à voix basse ; Menaut fait un signe de tête et regarde du côté du sous-lieutenant. Tout le monde a compris l'idée du général, et tout le monde se lève pour voir ce qui va se passer.

Le sous-lieutenant se lève, tout pâle, et l'on crie : « Vive l'armée ! » Le sous-lieutenant embrasse Rémy, le couronne tout de travers, n'importe : « Vive l'armée ! Vive Menaut ! »

Disons toute la vérité. Si les potaches crient avec tant d'enthousiasme : « Vive l'armée ! Vive Menaut ! » c'est que Sylvine appartient à l'armée par son parrain le sous-lieutenant et que Menaut est le frère de Sylvine.

A partir de ce moment, il n'y en a plus que pour Sylvine. C'est pour elle que la musique joue, c'est pour elle que le censeur s'époumonne, c'est pour elle que les messieurs de l'estrade sourient, c'est pour elle que l'on monte chercher des prix, c'est pour elle que l'on refait secrètement son nœud de cravate, c'est à cause d'elle que l'on triomphe, c'est à cause d'elle que l'on déplore sa défaite ; c'est à cause d'elle que Choquelle et de Lestrade songent à inviter Rémy à passer les vacances ou partie des vacances dans leurs manoirs respectifs.

Le public en peut penser ce qu'il veut, mais telle est l'opinion des potaches, jusqu'au dernier homme.

Rémy, en se faisant couronner par le sous-lieutenant, lui avait dit tout bas, à l'oreille : « Le général te fait dire de ne pas t'en aller avant qu'il t'ait serré la main. Le proviseur nous donne rendez-vous dans son salon. »

Tout est fini. Les vainqueurs emportent leurs livres et leurs couronnes, les vaincus leur honte amère et leurs viriles résolutions.

Le sous-lieutenant a de la peine à se frayer un passage. Des gens qu'il ne connaît pas tiennent à le féliciter du succès de Rémy. Des dames qu'il ne connaît pas davantage lui demandent la permission d'embrasser Sylvine. La famille Choquelle invite Rémy à venir chasser en Touraine ; la famille de Lestrade, de son côté, pense que cela lui fera du bien, après une année de travail, de venir chasser dans le Poitou. Rémy perd un peu la tête et s'embrouille dans ses calculs de semaines ; enfin tout s'arrange pour le mois d'octobre, car il doit passer le mois d'août et le mois de septembre au château de Mme d'Ortaires, à Jouy-en-Josas, avec Sylvine et le sous-lieutenant.

Enfin le sous-lieutenant, accompagné de ses deux enfants, monte un petit escalier et débouche dans le salon du proviseur. Le général lui tend la main : « Mon ami, lui dit-il, j'ai tenu à vous féliciter et à vous donner une bonne poignée de main. Vous êtes un homme selon mon cœur, et c'est à cause de vous que l'on a acclamé l'armée. Une poignée de main aussi, mon garçon, ajoute-t-il en tendant la main à Rémy ; quant à cette mignonne, lieutenant, avec votre permission, je l'embrasse. »

Et il l'embrassa, ma foi, et la femme du proviseur l'embrassa aussi, et la fille du proviseur aussi. Et le général prenant le sous-lieutenant par le bras, lui dit :

« Ma femme sera enchantée de faire votre connaissance et celle de vos enfants ; nous dînerons en famille à sept heures, je dis en famille, car il n'y aura que votre colonel et sa femme. Nous n'acceptons aucune excuse, voilà qui est convenu. »

Le soir, après le dîner, pendant que Rémy et Sylvine regardaient des gravures, le général, la femme du colonel et le sous-lieutenant s'entretenaient dans un coin, et la femme du général et le colonel causaient dans un autre.

« Vraiment, colonel, cet homme si distingué est fils de paysan ?

— Oui, madame ; à vingt ans, il ne savait pas lire ; et ce qu'il y a de plus fort, c'est qu'il s'était mis dans la tête de ne pas apprendre à lire et de rester simple soldat toute sa vie.

— Quelle singulière idée !

— Il a été élevé par un vieux soldat de l'Empire, qui ne voyait rien de plus beau au monde que de servir comme soldat, de se battre et de se retirer au village avec la croix.

— Et qui est-ce qui l'a fait changer d'idée ?

— Cette blondine, répondit le colonel, en désignant Sylvine d'un signe de tête.

— Comment cela ?

— Il s'est épris d'elle, parce qu'elle était dans la misère. Il avait quelques centaines de francs et beaucoup de volonté et d'énergie, il a soutenu le père jusqu'au bout, un pauvre diable de charbonnier, il a élevé le frère, il a élevé la sœur. Il compte la doter avec une quinzaine de mille francs que lui a laissés le vieux soldat.

— Mais tout cela ne m'explique pas pourquoi il a appris à lire.

— Pour pouvoir enseigner à la blondine et à son frère. Toujours à cause d'eux, il a surveillé son langage et sa tenue ; puis l'ardeur pour apprendre lui est venue quand il a su lire.

— Mais ces manières de gentleman, cette tenue, cette réserve, ce n'est pas dans les livres qu'il a appris cela.

— Non, madame ; la vieille douairière d'Ortaires s'est prise de fantaisie pour lui et s'est chargée de son éducation.

— Elle peut être fière de son élève.

— Il paraît qu'elle est très fière aussi. »

Ici il y eut un silence. Le colonel regardait Sylvine et la générale regardait d'un air réfléchi le bout de son éventail fermé.

« Savez-vous, dit-elle enfin, que ce brave garçon, si modeste et si simple, est un véritable héros dans son genre ?

— Madame, je me le suis dit bien des fois.

— Quand croyez-vous qu'il passera lieutenant ?

— Je ne puis pas préciser l'époque ; mais, d'après ses notes, je le présente le premier, au choix.

— Eh bien, une fois lieutenant, il faudra le marier.

— Les jeunes filles lui font peur.

— Eh bien, une veuve ne l'effrayerait peut-être pas trop, une veuve assez jeune et assez agréable pour lui plaire, assez intelligente pour comprendre ce qu'il vaut, indépendamment de son grade, et assez bonne pour servir de vraie mère à cette petite fille.

— Voilà, dit le colonel, un programme un peu chargé. »

Pour le moment, les choses en restèrent là.

Il y avait longtemps que Mme la baronne douairière d'Ortaires en était venue aux mêmes conclusions. Cette vieille dame, si revêche et si bourrue avec les gens qui ne lui revenaient pas, cachait, sous une enveloppe épineuse, un cœur chaud, aimant et plein de délicatesse. Elle avait décidé que Sylvain devait se marier, afin de pouvoir offrir un foyer à Sylvine, quand elle serait d'âge à quitter la pension. Elle aussi avait mis dans sa tête que Sylvain épouserait une veuve assez jeune pour lui plaire, assez intelligente pour le comprendre, assez bonne pour servir de mère à Sylvine.

Jusque-là, les trois amis de Sylvain marchaient de conserve. Mais, pendant que le colonel et la générale songeaient à une veuve possible, fantôme indécis et flottant dans les limbes de l'avenir, la douairière avait en vue une veuve réelle et tangible. Son âge avancé lui interdisait les projets à longue échéance ; elle avait donc résolu de mettre en présence, sans souffler mot, le sous-lieutenant Bricaud et la veuve de ses rêves. S'ils se plaisaient, elle verrait ce qu'elle aurait à faire ; s'ils ne se plaisaient pas, les choses en resteraient là et elle aviserait.

Mme la douairière s'avouait cependant qu'elle aimerait mieux réussir du premier coup et n'avoir pas à aviser.

C'est pour donner suite le plus tôt possible à ses projets qu'elle avait invité Sylvain à venir passer deux mois chez elle. C'est pour le faire paraître à son avantage qu'elle avait confisqué Rémy et Sylvine pour deux mois.

CHAPITRE XVIII

AYANT mis ses lunettes sur son maître nez, la douairière s'assit devant son bureau ; et de sa grande belle écriture d'autrefois, calligraphia la lettre suivante :

« Ma chère Clémence,

« Me voilà décidément trop vieille pour voyager ; mais je ne suis pas trop vieille pour aimer ceux que j'aime, et j'ai une envie folle de vous voir et de vous embrasser, Christian et toi. Ne pouvant aller à Presles, je vous adjure de venir passer au moins le mois d'août à Jouy. Je sais que Marthe est en visite chez vous. Amenez-la-moi ; je l'ai toujours aimée, tu le sais, et elle le sait aussi. Redis-le-lui au besoin. Je suis d'un âge à compter par mois et non plus par années le temps qu'il me reste à vivre, et je meurs d'envie de la revoir au moins une fois, avant de m'en aller.

« Christian doit se rappeler que mon lopin de terre est clos de murs et qu'on peut y chasser avant l'ouverture de la chasse. Mon vieux Ravageot m'affirme que les lièvres ne sont pas rares et que les faisans *pilulent* (il a conservé son ancienne manière de prononcer le mot pulluler). Quand *leur* préfet octroiera à ses administrés le droit de courir les champs avec un fusil sur l'épaule, une carnassière dans le dos et un chien sur les talons, Christian pourra se donner carrière ; il y a des perdrix dans mes champs et des chevreuils dans mes bois. Ravageot prétend même avoir vu quelques sangliers ; mais Ravageot se fait vieux, comme sa maîtresse ; il n'a plus ses yeux de vingt ans, et il pourrait bien avoir pris pour sangliers sauvages des sangliers de ferme, lâchés dans les bois, à la glandée. Tu vois ma franchise, et que je ne cherche pas à attirer Christian en lui promettant plus que je ne puis tenir.

« Dis bien à Marthe que nous serons entre personnes tranquilles. Je sais qu'elle n'aime ni le bruit ni les grandes réunions. J'ai donc trié, à son intention, mes hôtes sur le volet. Je t'attends sans faute avec tous tes tenants et aboutissants.

« Je signe pour tout le monde :

« La baronne douairière d'Ortaires.

« Pour toi seule : « Le Nez de la famille. »

« Te rappelles-tu combien ce titre nous

amusait, en petit comité à trois, du temps de feu ton oncle ? »

« P. S. — Réponds-moi *oui*, par dépêche.»

Après cela, pour tromper son impatience, elle passa la revue des chambres qu'elle avait fait préparer pour le sous-lieutenant, pour Sylvine et pour Rémy.

« Il manque quelque chose ici, » grommela-t-elle quand elle eut rapidement parcouru du regard tous les coins de la chambre de Rémy.

Alors, ayant sonné avec violence, elle s'assit dans un fauteuil et frappa ses genoux de ses mains, en pestant contre « ces individus » qui ne sont jamais de parole ! »

Cette fois ce fut une jolie petite femme de chambre qui répondit à son appel.

« Ma fille, dit-elle avec impétuosité, savez-vous si l'on a apporté ce fusil qui devait arriver hier ?

— Madame, il vous prie de l'excuser. Mme Vérité est très malade, et le médecin croit qu'elle ne passera pas la nuit ; alors parrain...

— Alors parrain a bien fait de rester auprès d'elle, dit chaleureusement la douairière. Parrain a du cœur ; aime-le bien, ce parrain-là, il n'y en a pas deux comme lui. »

Sylvine ne répondit rien, mais ses beaux yeux parlèrent pour elle.

On conduisit les deux enfants à leurs chambres. Au bout de deux minutes, Rémy descendit ou plutôt dégringola l'escalier.

« Oh ! madame, dit-il en se précipitant dans le salon ; oh ! que vous êtes bonne !

— Je ne suis pas bonne, riposta la douairière, qui souriait malgré elle.

— Oh ! si, madame, vous êtes bonne, et si vous aviez combien je suis heureux reconnaissant. »

ON JOUAIT DU HAYDN, DU BACH

— Oui, madame.

— Allez me le chercher lestement. »

La jolie femme de chambre apporta une boîte, qui semblait destinée à contenir plutôt un instrument de musique qu'un fusil. La vieille dame ouvrit la boîte, découvrit l'inscription qu'elle cherchait :

« *A Rémy Menaut,*
souvenir d'une vieille amie. »

L'inscription était gravée très délicatement en écriture anglaise. Elle chercha des yeux un endroit bien apparent pour y placer la jolie arme de luxe, afin que Rémy l'aperçût tout d'abord ; après avoir hésité, elle l'étendit sur le lit, et se retira pour attendre les événements.

Le lendemain, l'omnibus du château amena Rémy et Sylvine, avec leurs bagages et ceux du sous-lieutenant.

Mais aucun sous-lieutenant ne sortit de l'omnibus.

« Et ton parrain ? demanda brusquement la douairière à Sylvine.

Dans l'ardeur de sa reconnaissance, il saisit vivement la main de la douairière et la porta à ses lèvres.

« Bon ! dit la douairière, tout cela est très bien ; mais écoute avec attention ce que je vais te dire. Si je t'ai fait ce petit plaisir, c'est parce que toi, tu fais honneur à ton parrain ! Tu te rappelleras bien cela ?

— Oh oui ! madame. »

Dans l'après-midi, un piéton apportait un télégramme, ce télégramme disait : « *Oui.* »

Le lendemain, arrive un billet du sous-lieutenant : Mme Vérité est morte dans la nuit, on l'enterre le lendemain ; il y a des démarches à faire. Sylvain s'excuse en fort bons termes.

Le piéton apporte une nouvelle dépêche.

« *Arrivons demain dans la matinée. Préparez neuf chambres supplémentaires.* »

La douairière est ravie à l'idée qu'il lui faut préparer neuf chambres supplémentaires. Cela veut dire que les de Garies amènent du renfort. Tant mieux ; Sylvain et la jeune veuve, comme noyés dans une société un peu nombreuse, seront moins défiants et moins intimidés que s'ils se trouvaient trop nettement en présence l'un de l'autre. D'un autre côté, la douairière connaît bien les de Garies. Elle les sait incapables d'amener des intrus.

Et puis nous voilà au lendemain matin; cette fois, c'est le grand omnibus qui s'en va, longtemps d'avance, attendre les voyageurs à la gare de la rive gauche. La douairière, dans son impatience, se dit que l'omnibus n'arrivera jamais. Il arrive cependant.

Quand il s'arrête devant le perron du château, après avoir décrit une courbe savante, la douairière est là, levant son maître nez avec impatience, et sur ce maître nez il y a un maître lorgnon, à travers lequel les yeux de la vieille dame scrutent l'intérieur du véhicule.

Le premier à descendre est M. le marquis de Garies. M. de Garies échange rapidement une bonne poignée de main avec la douairière, et se retourne à temps pour recevoir une jolie petite fille de cinq ans, qu'on lui tend de l'intérieur. Cette jeune personne, de son nom Odette de Garies, se laisse embrasser par la douairière, mais sans aucun enthousiasme, et à peine libre s'élance vers quelque chose qui semble charmer sa fantaisie, ce quelque chose, c'est Sylvine qui regarde du haut du perron; la curiosité, une curiosité bien naturelle, l'a attirée là, mais la timidité l'a empêchée d'aller plus loin.

Mlle Odette de Garies, après avoir fait l'ascension du perron, en posant successivement les deux pieds sur chaque marche, se dirige tout droit vers Sylvine, d'un petit pas élastique et décidé.

Son petit babil est aussi décidé que son petit pas. Elle s'exprime avec une facilité étonnante pour son âge, et supprime généralement dans la conversation les points et les virgules.

« Vous me plaisez beaucoup, dit-elle à Sylvine en lui tendant la main; baissez-vous que je vous embrasse; embrassez-moi; comment vous appelez-vous? Moi, je m'appelle Odette de Garies. J'ai une bonne anglaise qui m'apprend des mots anglais. En anglais, *darling* veut dire: chérie. Je vous appellerai *Darling*, parce que je devine tout de suite que vous êtes ma chérie. Ma bonne m'ennuie souvent. Je n'obéirai qu'à vous. La dame qui descend, c'est maman. N'est-ce pas qu'elle est jolie? A présent, c'est Marthe... Je veux dire: Mme Sauvières, ou tante Marthe, quoiqu'elle ne soit pas ma tante. A présent, c'est M. de Verrier, un ami de papa. Je ne l'aime pas, parce qu'il m'appelle: « Petite », comme si j'avais trois ans; mais je l'aime bien tout de même, parce que c'est l'ami de papa et qu'il me donne des bonbons. Cette dame en toque, c'est Mme de Verrier; et ce grand garçon, c'est Astolphe; il est taquin, Astolphe, aussi il a été refusé au bac... je ne sais plus quoi. Et puis, vous allez voir... Eh bien, qu'est-ce qu'ils ont à se cacher comme cela dans le fond ? »

C'est précisément ce que se demandait la douairière. « Quel est, disait-elle de sa voix de vieux militaire, ce mystérieux étranger qui dérobe ses traits derrière un foulard? Oh ! je vous reconnais, beau masque, sinon à votre visage, du moins à votre embonpoint. Allons, Girard, descendez, ou je vous fais reconduire à Versailles. Quant à l'autre mystérieux inconnu dont je ne vois que les jambes, je n'ai pas besoin de demander qui c'est: puisque Girard est là, Cobref n'est pas loin. »

M. de Girard et M. de Cobref firent enfin leur apparition. Leurs amis les appelaient les *frères siamois*, parce qu'ils ne pouvaient pas se quitter d'une minute, et les *frères ennemis*, parce qu'ils n'étaient jamais d'accord. M. de Cobref jouait du violoncelle en amateur distingué; M. de Girard avait appris le violon sur le tard; non pas qu'il nourrît le fallacieux espoir de devenir jamais un violoniste supportable, mais il faisait de la musique parce que son ami en faisait, de même qu'il étudiait le russe parce que son ami étudiait le suédois.

Comme M. de Cobref avait un profil grec et une barbe en harmonie avec son profil, ses intimes l'appelaient *Sophocle à lunettes*. M. de Girard n'avait rien de grec, ni de face, ni de profil: c'était un bon gros Tourangeau, pas bête du tout. On l'appelait le *gros Girard*, et il en riait tout le premier. Mme la douairière les rencontrait toujours avec plaisir. Etant donnés ses desseins du moment, les *frères siamois* étaient une précieuse acquisition, et la vieille dame remercia vivement les Garies de les avoir amenés.

Après les premiers moments de confusion qui suivent toujours un débarquement, les dames montèrent les marches du perron, laissant les messieurs s'occuper des bagages, autour desquels les valets de pied et les jardiniers s'empressaient avec un zèle plus ardent qu'éclairé. Quant à la douairière, après un échange de menus propos avec les *frères siamois*, elle songea à remonter. M. de Cobref lui ayant offert son bras droit, M. de Girard se fit un point d'honneur de lui présenter son bras gauche, et elle monta lentement le perron, comme un accusé entre deux gendarmes. Ce fut Mme Sauvières qui se trouva en tête de la procession. Dès que ses regards tombèrent sur le joli groupe formé par Odette et Sylvine, elle ne put s'empêcher de leur sourire. Sylvine lui rendit son sourire en rougissant. Odette la força à s'avancer de quelques pas.

« Tante Marthe, dit-elle avec son impétuosité habituelle, je vous présente mon amie. Embrassez-la pour me faire plaisir.

— Je l'embrasserai pour me faire plaisir à moi-même, » dit Mme Sauvières avec un sourire plein de bonté. Elle embrassa Sylvine, qui lui rendit gentiment ses baisers, tout en s'émerveillant de sa propre hardiesse.

Puis Mlle Odette se tourna vers sa maman.

« Maman, reprit-elle, venez embrasser *Darling*. »

La maman embrassa *Darling*, et Mme de Verrier en fit autant, sans en avoir été requise.

« La présentation n'est pas tout à fait régulière, dit gaiement Mme de Garies, en s'adressant à sa fille ; tu ne nous as pas dit le nom de ton amie.

— Tiens, c'est vrai, répondit Odette. Je crois que je le lui ai demandé, mais je suis sûre que je l'ai oublié, ou qu'elle ne me l'a pas dit, l'un des deux. *Darling*, dites vivement votre nom à maman.

— Je m'appelle Sylvine, répondit Sylvine en rougissant.

— Attendez donc, dit vivement Mme de Garies, n'êtes-vous pas, mon enfant, la filleule d'un militaire que j'ai vu à Presles ?

— Oui, madame, répondit gentiment Sylvine.

— La filleule fait honneur au parrain.

— Et le parrain à la filleule, » riposta prestement une voix de vieux militaire, la voix de Mme la douairière. Elle venait de poser le pied sur la dernière marche, entre ses deux gendarmes. Il y eut un petit mouvement dans le groupe des dames, et les deux gendarmes purent apercevoir Sylvine.

« Oh ! charmante ! s'écria M. de Cobref.

— Délicieuse, » riposta vivement M. de Girard.

Comme ces deux messieurs étaient des hommes bien élevés, ils avaient parlé de façon à n'être entendus que de leur prisonnière.

« N'est-ce pas ? dit la prisonnière, en se rengorgeant avec complaisance. Il y a aussi un frère qui vaut la sœur, ajouta-t-elle à voix basse, d'un ton confidentiel, et il y a un parrain qui vaut le frère et la sœur réunis, sans vouloir faire tort ni à l'un ni à l'autre. Il y a là-dessous une petite histoire que je vous conterai, et vous m'en direz des nouvelles.

— J'aime beaucoup vos histoires, dit avec une grande courtoisie M. de Cobref.

— Je les aime autant que toi, riposta M. de Girard. Madame, Cobref est un intrigant qui cherche toujours à se faire valoir à mes dépens. Si vous avez le sentiment de la justice, c'est à moi que vous donnerez la primeur de l'histoire, et nous verrons après s'il est digne de l'entendre ; je dois vous prévenir que ce gaillard-là...

— Ne l'écoutez pas, madame, reprit M. de Cobref, il passe sa vie à me calomnier.

— Pour ne point faire de jaloux, dit en riant la douairière, je vous conterai l'histoire à tous les deux ; et chacun de vous en tirera le meilleur parti qu'il pourra. Je me serais donné à moi-même le grand plaisir de la raconter à table ; mais c'est impossible à cause des deux enfants. Il y a des détails qui pourraient les embarrasser et les troubler.

— C'est moi qui la conterai aux dames, s'écria vivement M. de Girard ; Cobref la racontera aux messieurs. J'ai parlé le premier, je suis dans mon droit.

— Intrigant ! dit M. de Cobref, en affectant un mépris écrasant.

— Vous vous arrangerez comme vous l'entendrez, dit Mme d'Ortaires, en affectant une grande impartialité. J'aurais voulu vous présenter mon héros tout de suite, mais il est retenu à Versailles jusqu'à demain par un devoir... par ce qu'il considère comme un devoir impérieux. Il a assisté à ses derniers moments une pauvre vieille femme, une humble amie... Quel cœur ! quelle fidélité ! En voilà un qui ne méprisera et ne reniera jamais un ami.

— Ce n'est pas comme Cobref, dit sèchement M. de Girard.

— Comment ! s'écria M. de Cobref, quels amis ai-je jamais reniés et méprisés ?

— Moi ! répondit M. de Girard, d'un ton pathétique Je suis ton ami, ô Cobref, et tu me méprises et tu me renies septante fois sept fois par jour. »

M. de Cobref haussa les épaules, et, à travers ses lunettes, il lança à l'autre Siamois le regard foudroyant que dut lancer Sophocle à ses enfants, le jour où ils eurent l'infamie de le traîner devant un tribunal, en l'accusant d'avoir perdu la raison.

CHAPITRE XIX

Dès le soir même, l'histoire de Sylvain était sue de tous les hôtes du château, jusque dans les moindres détails. On l'attendait avec impatience. Il se trouvait annoncé comme le héros d'un drame.

Il fallut absolument mettre à table *Darling* à côté d'Odette, ou Odette à côté de *Darling* : cette jeune héroïne n'admettant pas d'autre combinaison. Pour obtenir cette faveur insigne, elle s'engagea à obéir à sa bonne et à ne plus se mettre en colère.

Quant aux deux ex-collégiens, ils s'étaient rencontrés on ne sait où, abordés on ne sait comment et accrochés l'un à l'autre à première vue. Astolphe n'était ni farouche, ni misanthrope, malgré son récent désastre ; Rémy était bon enfant, sans être banal, et puis ils avaient dix-sept ans.

Quand le sous-lieutenant arriva à son tour, il fut bien un peu effarouché de voir à la fois tant de figures nouvelles. Mais il devina bien vite, à leur expression, que tout le monde lui voulait du bien.

Parmi les nouvelles arrivées, deux sur trois étaient excellentes pianistes, Mme la marquise de Garies et Mme Sauvières. MM. de Cobref et de Girard les mettaient souvent à contribution pour jouer des trios, soit dans l'après-midi, soit le soir. On jouait surtout du Haydn, du Bach, du Beethoven et du Mozart. Et, par parenthèse, le violon avait une manière à lui d'interpréter ces grands maîtres. Sitôt que le morceau prenait une allure un peu vive, et que les doubles et triples croches se succédaient en trop grand nombre, il laissait les deux autres instruments continuer leur chemin, en disant : « Ne vous inquiétez pas de moi, je vais compter les mesures et je vous rattraperai quand le chemin sera meilleur ! »

Comme on était « entre soi », on pardonnait au violon ses accès de poltronnerie musicale ; d'ailleurs, il se rattrapait sur les *andante* et sur les passages un peu lents, qu'il jouait avec expression et non sans agrément. Le violoncelle lui-même se montrait indulgent et même encourageant.

Donc, l'orchestre, tel qu'il était, faisait grand plaisir à tout le monde. Mme de Garies et Mme Sauvières étaient de même force, et elles jouaient la même musique. Et pourtant, par trois auditeurs au moins, Mme Sauvières était écoutée avec plus de ferveur que Mme de Garies.

Quand elle se mettait au piano, Sylvine se rapprochait de l'instrument jusqu'à le toucher. Mme Sauvières lui adressait ce discret petit sourire de côté qui a l'air de dire : « J'aime à vous voir là et c'est surtout pour vous que je joue. » Mlle Odette, qui était devenue le toutou de Sylvine, courait vite s'asseoir à côté d'elle, sage, silencieuse et attentive, parce que *Darling* écoutait avec ferveur ; et elle prenait sa part du petit sourire discret et, sans prononcer une parole, elle serrait de ses deux petites mains le bras de Sylvine et la regardait avec deux yeux rayonnants.

C'était un spectacle si gracieux, que le cœur du sous-lieutenant en était réjoui, pour le compte de sa filleule, bien entendu.

Un jour que Mme Sauvières avait joué à faire frémir de joie et pleurer d'émotion, un divin morceau de Mozart, Sylvine s'oublia jusqu'à embrasser la pianiste. Mlle Odette ne pouvait se dispenser d'en faire autant.

Le violon et le violoncelle payèrent en fort bons termes leur tribut d'admiration à *leur* pianiste. L'assistance renchérit, et le sous-lieutenant, si discret en toute circonstance, osa déclarer que, tout en rendant justice aux autres grands maîtres, il ne pouvait s'empêcher de leur préférer Mozart.

« C'est peut-être une hérésie, balbutia-t-il avec embarras.

— Oh non ! » répondit Mme Sauvières, qui s'était tournée à demi sur le tabouret du piano ; et sans ajouter un mot, elle rejoua deux ou trois fois les traits les plus pathétiques.

Quand un artiste a obtenu un grand succès dans un genre, il n'est pas surprenant qu'il cultive ce genre-là ; et sans négliger les autres maîtres, Mme Sauvières accorda plus d'attention à Mozart. Personne n'y prit garde, sauf Mme la douairière, qui nota le fait en sa cervelle matoise...

Quinze jours se passent. Pendant ces quinze jours, la douairière applique souvent son index sur l'aile droite de son maître nez.

« Sous-lieutenant, se dit-elle, et puis après ? c'est étonnant comme un sous-lieutenant en habits civils ressemble à un lieutenant ou à un capitaine, et à un beau capitaine encore ! »

Mme la douairière continue ainsi son monologue : « Elle, pauvre petite, elle n'a pas été heureuse avec cet âne bâté de Sauvières, le meilleur homme du monde, mais si... Bah ! laissons les morts tranquilles. Dans tous les cas, quoiqu'elle se soit toujours conduite comme un ange avant et après la mort de cet ostrogoth, elle ne peut pas le regretter ! Dans tous les cas, je veux en avoir le cœur net. »

Et elle en eut le cœur net ; voici dans quelles circonstances.

Au commencement de la dernière semaine de septembre, Sylvain conduisit Rémy à Versailles, afin de l'embarquer pour sa première partie de chasse. Astolphe les accompagnait : il avait voulu faire la conduite à son nouveau copain.

Astolphe revint seul à Jouy-en-Josas, avec les excuses du sous-lieutenant. Il était resté pour faire le service d'un de ses camarades, appelé dans le Midi, près de sa mère mourante.

« Toujours le même ! se dit la douairière. Il se plaisait ici, mais il quitte tout pour rendre service. Quel brave garçon ! Et cette Marthe qui part jeudi ! »

Le mardi, dans la matinée, la silhouette noire et anguleuse de la douairière se détachait en vigueur sur la clarté d'une des fenêtres de sa chambre. La douairière, son maître nez collé contre la vitre, semblait absorbée dans la contemplation d'un spectacle bien intéressant. Mme Sauvières était assise sur un banc de jardin. Sylvine se tenait à côté d'elle, la tête sur son épaule, les yeux levés sur son doux visage. Odette, accroupie sur un tabouret, tenait la main gauche de Sylvine et la caressait doucement, comme une poupée favorite. De temps à autre, Mme Sauvières se penchait pour embrasser Sylvine sur le front.

« Hum ! » fit la douairière. « Il faut battre le fer pendant qu'il est chaud, » ajouta-t-elle aussitôt. Sa noire silhouette s'éloigna de la fenêtre et se dirigea vers le cordon de la sonnette, qu'elle tira vigoureusement.

« François, dit-elle, quand le valet de pied eut fait son apparition, présentez mes compliments à Mme Sauvières et dites-lui que je lui serai très obligée si elle veut bien prendre la peine de monter un instant. »

Au bout de trois minutes, Mme Sauvières apparut, dans toute la fraîcheur de sa jolie toilette claire du matin. On aurait cru voir entrer un rayon de soleil dans la demi-obscurité de la chambre. Mme la douairière sourit avec complaisance.

« Je vous ai vue par la fenêtre, dit-elle Sauvières. Au bout de quelques minutes de silence et de réflexion elle reprit :

« Je l'adopterais volontiers, si son parrain y consentait ; et cela dès maintenant, pour épargner à cette pauvre chérie les ennuis de la captivité.

— Le parrain y consentirait certainement, reprit la douairière, car il est homme à ne reculer devant aucun sacrifice. Mais, ce sacrifice ne serait-il pas cruel de le lui demander.

— Cruel, en effet, répondit Mme Sauvières. Et puis, cette chérie l'aime tant, qu'elle ne consentirait pas à se séparer de lui, même pour vivre avec moi.

— Ecoutez, ma mignonne, dit la douairière en se rapprochant d'elle et en lui prenant doucement la main ; il y aurait peut-

ILS L'AVAIENT TRANSPORTÉ A L'AMBULANCE

sans préambule ; vous avez l'air d'aimer beaucoup ma petite amie Sylvine.

— Cette enfant est charmante et elle a un cœur adorable, répondit Mme Sauvières. Cette chérie m'aime, je crois, autant que je l'aime.

— Oui, oui, dit doucement la douairière. C'est pour cela que l'idée m'est venue de vous consulter sur quelque chose qui m'inquiète.

— A propos d'elle ? demanda vivement Mme Sauvières.

— Oui, à propos d'elle. Mon intention est de la faire entrer pour quelques années au couvent de Grand-Champ. Son parrain pourra la voir souvent, ce qui adoucira sa captivité. Mais elle ne peut pas rester au couvent toute sa vie ; et quand elle en sortira, grande jeune fille, qu'est-ce que mon pauvre Sylvain pourra en faire, dans son appartement de garçon ? Il aura beau se multiplier, se dévouer comme toujours, il ne pourra lui donner ni la vraie vie du foyer, ni les plaisirs de son âge.

— C'est vrai, » répondit gravement Mme

être un moyen d'arranger les choses.

— Lequel ? » demanda Mme Sauvières. Sa main tremblait dans celle de la douairière.

« Je vois au tremblement de votre main que vous devinez à peu près où je veux en venir. Eh bien, pourquoi ne parlerions-nous pas franchement entre nous ? Vous n'êtes plus une enfant ; vous connaissez la vie et si, dans l'espace d'un mois, vous n'avez pas découvert ce que vaut mon ami, c'est que vous êtes destinée à ne le découvrir jamais.

— Je sais ce qu'il vaut, répondit simplement Mme Sauvières ; mais...

— Mais quoi, ma belle ?

— Mais je ne puis pourtant pas lui demander sa main, dit Mme Sauvières à voix basse.

— Evidemment non. Mais s'il vous demandait la vôtre ?

— Vous a-t-il chargée de me la demander ?

— Oh non ! le pauvre garçon, il est bien trop modeste pour cela. Jamais il n'oserait aspirer à votre main, surtout s'il savait que vous êtes riche. Mais j'ai deviné ses sentiments sans qu'il m'ait prise pour confidente. Je vous renouvelle ma question : s'il vous demandait votre main, la lui accorderiez-vous... pour l'amour de Sylvine ?

— Je la lui accorderais pour lui-même, » répondit bravement la jeune femme.

« Partez jeudi, comme vous en aviez l'intention, reprit la vieille dame en lui caressant doucement la main ; et soyez sûre, en partant, que votre dignité ne sera pas compromise, quoi qu'il arrive. »

Elle se leva brusquement et attira Mme Sauvières à la fenêtre. Après ce qui venait de se passer, elle voulait que la première figure sur laquelle se poseraient les regards de Mme Sauvières fût celle de sa chérie.

La pauvre Sylvine, toujours assise à la même place, essayait de donner la réplique à Odette. Mais on voyait qu'elle était triste et préoccupée, malgré tous ses efforts.

La douairière, sans dire mot, embrassa tendrement sa jeune amie, qui descendit aussitôt pour aller consoler Sylvine.

Les vacances ne sont plus qu'un rêve, même pour ceux qui comme Rémy, reçu le 9ᵉ, portent sur la tête le joli chapeau frégate de l'Ecole Polytechnique et sur les avant-bras les galons de sergent. Sylvine est au couvent de Grand-Champ ; mais la douairière a loyalement prévenu Mme la supérieure que ce ne serait pas pour bien longtemps.

Dans la seconde semaine de novembre, par une journée claire et froide, le colonel se tient debout devant le régiment assemblé ; Sylvain est à sa gauche. Tous les deux ont le sabre au clair.

« Trompettes, ouvrez le ban ! » crie le colonel. Les trompettes ont le cœur à la besogne, et il y a longtemps qu'ils n'ont ouvert un ban avec autant de force et d'entrain. Les trompettes se taisent et, au milieu du profond silence, le colonel prononce les paroles suivantes :

« Au nom de l'Empereur !

« Sous-lieutenants, sous-officiers, brigadiers et cavaliers ! vous reconnaîtrez pour lieutenant au régiment le sous-lieutenant Bricaud ici présent, et vous lui obéirez dans tout ce qu'il vous commandera pour le bien du service et l'exécution des règlements militaires.

« Trompettes, fermez le ban. »

Le lieutenant, en rentrant chez lui, trouve un mot de Mme la douairière, qui l'appelle au plus vite rue des Bourdonnais, à cause d'une communication importante qu'elle a à lui faire. Il court rue des Bourdonnais et la vieille dame lui dit : « Tout est arrangé, à notre entière satisfaction à tous ; faites les démarches nécessaires pour que cela ne traîne pas ! Allez ! »

Elle aurait pu dire tout aussi bien : Courez. Il courut chez le colonel, et le colonel lui dit : « Mon cher Bricaud, mes compliments sincères ; il y a longtemps que je désirais vous voir marié. Je vais transmettre votre demande au ministre de la Guerre aussitôt que vous me l'aurez remise. Votre future a naturellement la dot réglementaire ?

— Mon colonel, répond le lieutenant avec confusion, elle est riche, très riche même.

— Cela ne gâte rien, fait observer le colonel avec bonhomie.

— Mais, mon colonel, je vous assure que je n'en savais rien quand une vieille amie à moi s'est chargée de présenter ma demande. Sans cela, je crois que je n'aurais jamais osé. »

A l'heure du parloir, le lieutenant courut à Grand-Champ.

« J'ai, dit-il à Sylvine, une grande nouvelle à t'apprendre. Allons dans ce petit coin, là-bas, où il n'y a personne. »

Quand ils furent dans ce petit coin, là-bas, où il n'y avait personne, le lieutenant reprit :

« Tâche de ne pas crier, de ne pas sauter et de ne pas battre des mains.

— Oh ! qu'est-ce que c'est donc ? s'écria Sylvine en le dévorant des yeux.

— Aimerais-tu à avoir une petite maman, une bonne petite maman, qui te prendrait chez elle... qui t'aimerait de tout son cœur... et qui te rendrait bien heureuse ?

— Tu te maries ? dit Sylvine à voix basse.

— Oui, chérie, j'épouse quelqu'un que tu aimes bien et qui t'aime bien. Devines-tu ?

— C'est Mme Sauvières, répondit Sylvine, sans l'ombre d'hésitation. Oh ! parrain, dis-moi que c'est elle.

— Eh bien, oui, c'est elle... Es-tu heureuse ?

— Pas tout à fait, parce que tu m'as défendu de crier, de sauter et de battre des mains. Mais je me rattraperai dans la cour. »

CHAPITRE XX

L E MARIAGE eut lieu dans la seconde moitié de décembre, à Tours, où Mme Sauvières habitait un petit hôtel, non loin de Saint-Gatien. Malgré la rigueur de la saison, Mme la douairière avait fait le voyage de Tours, pour servir de mère à la mariée.

Toute la bande repartit le lendemain ; Rémy rentra à l'Ecole Polytechnique, tout préoccupé de réparer le temps perdu. Le jeune ménage s'installa à trois portes de Mme la douairière, dans une jolie maison qu'elle avait louée pour eux, et qu'elle avait fait aménager à son idée.

Sylvain, qui n'oublie jamais personne, a

envoyé les lettres de faire part à M. Poffre et à Mme Carminaz. La lettre de M. Poffre est reçue par Clorinde en deuil, car M. Poffre vient précisément d'aller rejoindre le *vieux hêtre*. Mme Carminaz, qui a quitté la *Renommée des Cochons de lait*, après fortune faite, réside à Brest avec sa bru. Carminaz fils s'est marié entre deux voyages et Mme Carminaz la mère aide Mme Carminaz la jeune à discipliner trois petits Carminaz, joufflus et rétifs.

Quant à la grand'mère des deux enfants, elle était passée de vie à trépas, deux mois après le pauvre Menaut, et encore on ne l'avait appris que six mois plus tard.

Mme Bricaud achève l'éducation de Sylvine et commence celle du jeune Rémy Bricaud, son premier-né, qui est beau comme le jour (naturellement) et que Sylvine appelle tout couramment « mon petit frère ».

En 1867, le lieutenant rapporta la croix du camp de Châlons, après les grandes manœuvres.

En 1869, Rémy entra à l'école des Ponts et Chaussées. Cette année-là, le lieutenant s'en alla à Châlons le cœur très gros, parce qu'on attendait une petite Gisèle (ce serait bien sûr une petite Gisèle, Mme la baronne d'Ortaires l'ayant déclaré péremptoirement, à preuve qu'elle serait marraine). Or cette petite Gisèle arriverait pendant l'absence du lieutenant et le lieutenant en était tout marri. Pour le consoler, on pria les lieutenants, sous-lieutenants, sous-officiers, brigadiers et cavaliers de le reconnaître pour capitaine.

Soixante-dix, l'année terrible ! L'empire s'écroule tout d'une pièce ; l'armée marche à la frontière envahie. L'héroïque, la chevaleresque valeur française va se briser le front contre l'ignoble et stupide force brutale. Il arrive d'abord quelques nouvelles rassurantes à la rue des Bourdonnais ; puis c'est une série de catastrophes. Reichshoffen ! Les cuirassiers de Reichshoffen !

Un cavalier du 44e, qui était venu de la frontière à Versailles, ayant fait partie d'une escorte, raconta qu'il avait vu à Reichshoffen le capitaine Bricaud étendu mort, près de son cheval mort, au coin d'un champ de houblon.

Les rapports officiels apprirent la vérité à Marthe.

Après avoir chargé cinq fois, à la tête de quelques hommes, pour dégager une partie de l'escadron, cernée derrière une barricade de charrettes qu'elle avait franchie dans un aveugle élan, le capitaine Bricaud s'était retiré le dernier de tous, sans blessure. Comme il allait disparaître à son tour derrière un champ de houblon, il avait été assailli par une grêle de balles ; son cheval avait été tué raide et il avait reçu lui-même une balle dans la hanche et une autre dans l'avant-bras gauche.

C'est à ce moment-là que le soldat de l'escorte l'avait vu, mort à côté de son cheval mort.

Mais ce que le soldat ne savait pas, c'est que ses hommes, fous de rage, avaient fait un retour offensif pour ne pas laisser son corps entre les mains de l'ennemi. Ils l'avaient rapporté avec eux à l'ambulance, et les chirurgiens avaient constaté qu'il n'était pas mort.

Le commandant du corps d'armée, instruit de la belle conduite du capitaine Bricaud, vint dans la grange où il avait été transporté, et s'approcha, le képi à la main, du coin où il reposait sur la paille. Le trouvant trop jeune de grade pour en faire un commandant, il le proclama officier de la Légion d'honneur.

Cependant l'armée écrasée battait toujours en retraite ; les Allemands s'emparèrent de l'ambulance et déclarèrent prisonniers de guerre tous les blessés transportables. C'est ainsi que le capitaine Bricaud fut transporté en Allemagne.

Rémy s'était engagé comme simple soldat dans les turcos, afin d'être bien sûr de se battre. On commençait à parler des zouaves de Charette, lorsque le marquis de Garies, avant de prendre du service dans ce corps en formation, vint à Versailles pour emmener sa tante, Marthe, Sylvine et les enfants à Presles, parce que l'on pouvait prévoir déjà que l'armée allemande occuperait Versailles.

Marthe, confiant au marquis et à la douairière Sylvine et les enfants, déclara que sa place était auprès de son mari blessé. Le marquis et la douairière, qui la connaissaient de longue date, jugèrent inutile de combattre sa résolution, qu'ils approuvaient d'ailleurs.

Le marquis avait des amis puissants, il prit des renseignements, se procura un sauf-conduit, des lettres de recommandation et accompagna la vaillante petite femme jusqu'aux avant-postes de l'armée ennemie.

Après un mois entier, employé en marches et en contre-marches, après avoir été vingt fois déçue, au moment même où elle croyait toucher au but, Marthe apprit d'une famille de paysans qu'il y avait dans une petite ville du voisinage un bel officier français, un cuirassier, seul de son arme ; on ne savait plus qui l'avait déposé là ; il était si malade, que l'autorité militaire s'occupait à peine de lui.

Il était trop tard pour gagner la petite ville ce soir-là, et Marthe passa une nuit d'angoisse à méditer les sinistres paroles des paysans qui lui avaient donné l'hospitalité : « Il est si malade que l'autorité militaire s'inquiète à peine de lui ! » Le lendemain, à l'aube, elle partit à pied, accompagnée d'un garçonnet qui portait son sac de voyage.

A la porte de la ville, un gros bourgeois

qui flânait en fumant sa longue pipe de porcelaine, s'approcha du garçonnet et lui demanda : « Qui est-elle ?

— C'est la femme du cuirassier français.

— Oh ! la pauvre petite ! dit le bourgeois.

— Est-ce qu'il est mort ? demanda Marthe, qui devint toute pâle et se mit à trembler.

— Non, non, dit le bourgeois avec bonhomie. Mais je disais : Pauvre petite ! parce que c'est un grand malheur que la guerre force une mignonne comme vous à user ses petits pieds sur les routes, pour trouver son bon mari avec un bras de moins. » Marthe poussa un cri et se couvrit la figure de ses deux mains. « Oh ! seulement le bras gauche ! dit le bourgeois avec la même bonhomie. Ce n'est pas si grave que si c'était le bras droit ; oh non ! bien sûr, bien sûr. Je n'aurais peut-être pas dû vous dire ça si vite ; mais vous l'auriez toujours su. Venez, ma mignonne, je vais vous conduire. »

. . . .

La paix est signée, le capitaine rentre en France avec sa femme, qui ne l'a pas quitté d'une minute et qui l'a, on peut le dire, ramené de la mort à la vie. Le capitaine ne déplore pas la perte de son bras, parce qu'il l'a perdu au service de la France. Il est très fier de sa rosette, parce qu'il l'a gagnée sur le champ de bataille. Forcé de prendre sa retraite prématurément à cause de son bras mutilé, il regrette, et ne s'en cache pas, le régiment, où il a pris tous ses grades et où tout le monde l'aime et l'estime.

« Pauvre capitaine Bassinoire ! » disent les troupiers en le voyant passer dans les rues de Versailles. Quoiqu'il ne soit plus en uniforme, tous le saluent, et les sentinelles ne peuvent pas s'empêcher de lui présenter les armes, c'est plus fort qu'elles. Lui, il arrange sa vie en homme sage qui sait voir le bon côté de toutes choses. Et, au fait, que de bons côtés dans tout ce qui l'entoure ! une femme charmante si tendre, si dévouée et si intelligente, une Sylvine qui ne sait quelle fête lui faire, un petit Rémy bon et impétueux, une petite Gisèle, qui ressemble déjà à sa mère. Il ne parle jamais de la revanche : les gens sensés ne parlent pas de ces choses-là, mais ils y songent sans cesse ; et lui, il y songe nuit et jour. La preuve, c'est que l'armée est à ses yeux l'élite de la nation, parce qu'elle est l'avenir et l'espoir de la revanche ; la preuve, c'est qu'il marie Sylvine à un jeune capitaine d'artillerie ; la preuve, c'est qu'il inculque déjà dans l'esprit du jeune Rémy cette idée qu'il n'y a rien de plus beau que de servir la France les armes à la main et de verser son sang pour elle ; la preuve, c'est qu'il ne peut s'empêcher de pousser un petit soupir de regret, quand il songe que Rémy Menaut a choisi les Ponts et Chaussées, quand il n'avait qu'un mot à dire pour sortir dans le génie ou dans l'artillerie. Il se console un peu à l'idée que la France a besoin de bons ingénieurs, aussi bien que de bons militaires. Il est tout à fait consolé quand il apprend que Rémy Menaut est chargé, par le gouvernement des travaux de desséchement des marais de Brenoux.

Imprimerie du Palais, 20, rue Geoffroy-l'Asnier, Paris.

OEuvres illustrées de Jules Verne

SÉRIE A

Chaque volume in-8° illustré,
broché.... 15 fr.
cartonné.. 20 fr.

L'Archipel en feu.
Autour de la Lune.
Aventures de trois Russes et de trois Anglais.
Un Billet de loterie.
Le Chancellor.
La Chasse au Météore.
Le Château des Carpathes.
Le Chemin de France
Les cinq cent millions de la Bégum.
Cinq semaines en ballon.
Claudius Bombarnac
Clovis Dardentor.
De la Terre à la Lune.
Un drame en Livonie.
Le Docteur Ox.
L'Ecole des Robinsons.
L'Etoile du Sud.
Face au Drapeau.
Hier et Demain, Contes et Nouvelles.
Histoire de J.-M. Cabidoulin.
Les Indes noires.
L'invasion de la Mer.
Le Maître du Monde.
Le Phare du bout du Monde.
Le Pilote du Danube.
Le Rayon vert.
Robur - le - Conquérant.
Sens dessus dessous.
Le Secret de Wilhelm Storitz.
Le Tour du Monde en 80 jours.
Le Village aérien.
Une Ville flottante.

Les Tribulations d'un Chinois.
Voyage au centre de la Terre.

SÉRIE B

Chaque volume in-8° illustré,
broché ... 30 fr.
cartonné.. 38 fr.

L'Agence Thompson and Cᵘ.
Aventures du capitaine Hatteras.
Aventures de trois Russes. — Une Ville flottante.
Bourses de voyage.
Un Capitaine de quinze ans.
Les 500 millions de la Bégum. — Tribulations d'un Chinois.
Cinq semaines en ballon. — Voyage au centre de la Terre.
Deux ans de Vacances.

La Chasse au Météore. — Le Pilote du Danube.
César Cascabel.
Le Château des Carpathes. — Claudius Bombarnac.
De la Terre à la Lune. — Autour de la Lune.
L'Etoile du Sud. — L'Archipel en feu.
L'Etrange Aventure de la Mission Barsac.
Face au Drapeau. — Clovis Dardentor.
Famille sans nom.
Les Frères Kip.
Hector Servadac.
L'Ile à hélice.
Indes noires. - Chancellor.
L'invasion de la Mer. — Le Phare du bout du Monde.
La Jangada.
Kéraban-le-Têtu.
La Maison à vapeur.

Le Maître du Monde. — Un drame en Livonie.
Michel Strogoff.
Mirifiques aventures de Maître Antifer.
Mistress Branican.
Les Naufragés du « Jonathan ».
Nord contre Sud.
Le Pays des Fourrures.
P'tit Bonhomme.
Le Rayon vert. — L'Ecole des Robinsons.
Robur - le - Conquérant. -- Un billet de loterie.
Sens dessus dessous. — Chemin de France.
Seconde Patrie.
Secret de W. Storitz. — Hier et Demain. — Contes et Nouvelles.
Le Spinx des Glaces.
Le superbe Orénoque.
Le Testament d'un Excentrique.
Le Tour du Monde en 80 jours. — Le Docteur Ox.
Village aérien. — Histoire de J.-M. Cabidoulin.
Vingt mille lieues sous les mers.

SÉRIE C

Chaque volume in-8° illustré,
broché ... 35 fr.
cartonné.. 43 fr.

Les Enfants du Capitaine Grant.
L'Ile mystérieuse.
Mathias Sandorf.

Les mêmes volumes, dans la Collection in-16 illustrée, brochés 9 fr., reliés 12 fr.

BIBLIOTHÈQUE DE LA JEUNESSE

DANS LA COLLECTION :

Chaque volume illustré broché, couverture en couleurs

2 fr. 50

DEUX VOLUMES PAR MOIS A PARTIR DU 1er MAI 1921

On peut souscrire { aux 12 premiers vol. br., au prix de **28** fr.
{ aux 24 premiers vol. br., au prix de **55** fr.

Envoi franco de chaque volume dès sa publication.